AQUARIUS

AQUARIUS

AQUARIUS

AQUARIUS

每個人心中都有一座島嶼，

藉文字呼息而靜謐，

Island，我們心靈的岸。

母墟

黃瑋霜——著

【推薦序】

《母墟》寫活了童真女靈魂與感官的震顫

——以熱帶雨林邊荒小鎮為背景

國立東華大學英文系教授　曾珍珍

《母墟》和楊牧的《奇萊前書》和李永平的《雨雪霏霏》同屬童年憶往，游移於虛構和非虛構之間，細膩、綿密的物色與場景描寫，是它系歸散文精品的基因標記，生動的敘事、比附於妊娠原型的結構設計，賦予它童女成長小說的精魂與形骸。不同於《奇萊前書》和《雨雪霏霏》乃經典作家的前生索隱，作者驅使回憶、想像、官覺與史識，泅回原鄉，追索自己創作靈魂啟蒙的端倪，《母墟》這本書是黃瑋霜的頭胎作品。她凝聚心神，回到度過童年歲月的北婆羅洲濱海小鎮，古納，透過童女漫遊見聞，以九篇精湛的散文勾勒這一海角窮鄉形形色色遭人賤斥的人事物。全書敘述循「渾沌」、「漫遊」、「回歸」的原型軌道展開，每章又依懷孕的月份定序，一來標示出她希望藉由這部處女作孕生創作骨肉的企圖，二來，更替作品的名稱有效編綴出多元的象徵意涵，「母墟」指涉古納，指涉書末燕窩山所隱喻的大自然，更指涉女性作家隨子宮音籟和欲力運筆沈吟的創作自覺。

或許受到李永平的影響，《母墟》以漫遊為敘述母題，追尋的標的物是敘述者的影子。這部作品從十歲女童失足墜湖，被湖水的溷濁和湖中出沒的巨蜥嚇走魂魄，驚覺自己失去了影子寫起，為了尋找自己的影子，她經常隻身在鎮裡鎮外漫遊，屢屢驚詑於繽紛多彩的自然生態，卻也目睹了勞資糾紛引發的血案、雨林的濫伐、鎮民的嗜賭、好嫖劣行等等。漫遊的她結識了另一位漫遊者，遁逃的殺人犯菲律賓非法外勞工人的妻子，出事後失心發狂的蘇瑪。蘇瑪是女童越界的導引，卻也是她亟思挺身護衛遭人賤斥的他者。有回迷路，女童在港邊市場裡遇見販賣琳瑯什貨的老太婆，她原來是個女巫，竟然開口要蒐購女童憂心忡忡的靈魂，代價是施法讓她因收買贓物繫獄多日的父親獲釋。由於早產，女童天生體質孱弱，氣喘發作時，鎮上唯一的醫生竟沉迷於麻將賭局，坐視不顧。古納這座華人陸續漂洋渡海前來移墾的小鎮絕非海角樂園，而是缺水缺電、弱肉強食、綱常不舉的「渾沌」異鄉——「在這幽黯的國度，我們的靈魂無所依歸，哪兒都去不了。」繁滋一片的橡膠園，在女童的記憶裡，是被馬共虐殺的祖母流出的鮮血灌溉出來的。四處遊蕩的女童每一次的奇遇，都是一場驚悸，好奇讓她張開了感官與靈魂的眼瞼，童真隨著驚悸震顫，對污穢、逾常的事物，一面賤斥，一面從窺視獲得認知的快感。作品的最後一章，從漫遊「回歸」，章名曰「分娩月：羊水」，寫女童與父母在卡達山杜順族中年男子的引領下攀爬燕窩山的經歷，這是一篇極品散文遊記，也是全書自然寫作的高潮，更是馬華離散身分的人類學溯源。天啟般，女童從燕窩山洞傳出的大自然回音中，聽見自己失魂落魄尋尋覓覓的影子發出微聲召喚。隨著聲聲召喚，女童走入黑暗的穴道，穿越穴底滿地積累的蟲屍、雨燕和蝙蝠的糞屎，入眼父親的背影英武、巨大，儼然渡海拓荒的祖靈現身，女童恍覺回到遙遠的年代。這趟山旅追憶結束在女童於鄰近洞口的山穴裡發現一泓清澈的湖水，她從羊水般的湖鏡裡看見自己的臉，找回了自己的影子。隱然嵌入精神分析的思維和離散論述的精髓，在這一神啟般的完結篇裡，我們發現女童的回歸，身分的確認，乃是經由對賤斥母體的涵納、對馬華離散經驗的深刻體認，迎向新生。從以下關於隧道的描寫，讀者可窺知作者寓象徵於寫實功力之一斑：

「山壁粗糙有稜角，冰涼如流水，觸電般迅速從我手掌心襲入體內。岩石地面散佈枝葉泥土，越深入隧道路徑，枝葉越見稀少。在黑洞裡，白晝的光馬上被吞噬殆盡。瞬間，我彷彿目盲，看不清黑暗中的任何事物。我微微驚恐，寒毛顫慄，不自覺放大瞳孔，閉上或睜開眼睛都是一片黑茫茫。窸窣窸窣——卡答卡答——嗚嗚嗚——我在黑暗中晃動著身子，哪邊發出聲音，我就朝那方向移動，想辨識聲音的來源。許多聲音交疊混合，在山洞裡縈繞迴旋，奏出變化萬千的交響樂曲。它們是世上美妙天籟的聲音，感動我的耳朵，紓解我的感官知覺，淨化我的心靈。它們是地獄妖魅魍魎的聲音，挑逗我的耳朵，誘惑我的感官知覺，迷惑我的心靈。深層的黑暗在寬廣的圓弧空間裡漸漸稀釋消散，黑暗的濃度慢慢淡化，依次顯露出山洞中的自然形貌，山壁、洞頂和曲折迤邐的廊道。」

欣聞《母墟》將由寶瓶文化出版，黃瑋霜的寫作成績終能攤開在世人眼前，宣告一個清新、勇健的文學生命已經誕生；更重要的，它為正在茁壯中的馬華文學注入了新血。《母墟》係黃瑋霜就讀於台灣花蓮國立東華大學創作與英語文學研究所取得碩士學位的畢業作品，由小說家李永平和我共同指導。寶瓶的版本略作了修改，以畫龍點睛的方式加強了敘述者對負笈鄰城的童伴——哥哥——的眷念，以及古納熱帶雨林的生態描摩。顯然，瑋霜著眼於補實作品主觀抒情和客體再現的厚度，精益求精的努力值得嘉許。這篇推薦序原應由馬華文學巨擘李永平撰寫，他因傾力完成《大河盡頭》積勞成疾，刻正康復中。當瑋霜索序於我，雖說忝為指導教授之一，責無旁貸，我之樂於推薦，完全出於對這部作品的喜愛，同時也願藉此紀念創英所曾有的一段黃金歲月。瑋霜就讀於創英所時，李永平剛完成《雨雪霏霏》，教學之餘，潛心創作《大河盡頭》上集：溯流，以半自傳書寫的筆調講述少年永和他的荷蘭裔「姑媽」在六〇年代的一個陰曆七月，沿著貫穿婆羅洲熱帶雨林的卡布雅斯巨河，搭船溯流前往峇都帝坂聖山，在浪漫、迷離、銷魂的忘年愛情中展開直搗「黑暗之心」的奇遇。瑋霜生長於馬來西亞，童年歲月在盛產可可，缺水缺電的濱海小鎮古納度過，就讀東華創英所，讓她有緣在課室中親炙大師，見證他對文字藝術的著迷，並從其馬華離散書寫融原型於史識，寓諷世於抒情的寫作功力獲得啟迪，效法他敞開胸壑，潛入子宮，接受熱帶雨林的洗禮。而瑋霜前後期的同學中，致力於女性小說創作，畢業作品因獲得地區性文學獎而陸續出版的有李儀婷（《我那狗日的父親》）、蘇頌淇（《阿姐》），和李芙萱（《骨》）等，她們都擅長於魔幻寫實，文字豐贍多姿，雅言與俚語交雜，類型偏向於結合世界潮流與本土風味的詭魅小說。浸潤在這樣的寫作氛圍裡，瑋霜顯然吸收到了女性詭魅書寫的精華，結合貼切、細微的觀察，為「母墟」古納的人事與風物塑像。

然而，相較於她的同學，以及馬華文學傑出的女性作家鍾怡雯與黎紫書，展現在《母墟》裡清新、脫俗，鎖定細節娓娓道來的寫實筆觸，平易近人卻又耐人尋味，讓黃瑋霜的作品別具一格。這與敘述者年方十歲，思春期將臨未臨，敏銳的心智對周遭的事物充滿好奇，扛著父權教化重重的枷鎖壯膽漫遊，在謹守童真之同時，對詭魅與遭人賤斥之事物欲拒還迎有關。體味擺盪於戒慎恐懼與好奇探索之間形成的張力，如何婉轉攪動，在作者清新、脫俗的散文筆端生發童真性趣若隱若現的暗流，構成了閱讀《母墟》特有的經驗，這是可以讓習於謙抑的東方女性群起共鳴的經驗。以熱帶雨林的邊荒小鎮為背景，寫活童真女靈魂與感官的震顫，我認為《母墟》是近年華文女性文學令人耳目一新的力作之一，樂為之薦。

二〇一一年孟夏於加州灣區紅木城

【自序】

我的漫遊時光

日落前的漫步，是那幾年一直實踐的小事。

巍峨的山巒環繞著廣闊的校地，彩霞浸染澄淨的天空，山的稜線模糊了，我與友人如常走在校園的小路上。我們的步伐不疾不徐，細細賞花、看樹，靜靜感受四季嬗變。偶爾，我們步行整座校園，聊及日常人事和抽象的思索。那時的我們，生活在自然裡，見證時間的流逝，也欲與之抗衡。醞釀畢業成果的階段，走路儼然是我們消解壓力與焦慮的方式。每天近晚時分，我們並肩走過筆直的長路，於校外的志學街用膳，再返回。鎮日埋首書寫，餐前漫步，宛若一項療癒儀式，我透過步行化解內在負面的情緒，抵禦現實，以及無所不在的傷害。

那些日子，我壓抑，思緒紛雜，為該寫出什麼故事而苦惱。我努力學習節制情緒，心變得平靜了，源自內裡的聲音輕輕召喚我，帶我回到最初，至今仍念茲在茲的純真年代。

那片金黃色的土地。陽光終年炙烈照耀著那個貧瘠且匱乏的小鎮。純樸而歡愉的童年，就是在這樣的小鎮度過的。後來，我漫遊在不同的城市與小鎮，遠赴他鄉，每當生活面對困頓與挫折，那些甘苦的回憶，卻彷彿滋生奇異的力量，能撫平我在現實中的缺憾。

兒時的我像個野孩子，追隨兄姐四處撒野，和原住民小孩打交道；由於物質貧乏，喜歡自由想像，就地取材，自創各類遊戲，還發明一種嶄新的語言。我們運用自己的語言溝通，透過它傳達我們的心聲，不怕被大人發現，是屬於我們孩子的密語。未入學前，我像個小跟班伴著姐姐讀書，嗓音稚嫩地，一字一句清晰朗唸書本上的文字。然而，在長輩眼中，我也像個有點自閉的孩子，常常靜靜旁觀身邊的人，連話也不說。

離開小鎮以後，上了學，字喜歡寫得端正，一筆一劃清楚地寫。一直感覺身心受束縛的青春時期，恆常覺得身處在封閉的氛圍裡，竭力企求縹緲的自由。千禧年來臨前，等待升學的那一年，我走進房間，坐在桌案前，攤開稿紙，就這麼寫了。接著每天，我依然走進房裡，靜心伏案書寫，一字一詞緩慢寫下心裡的話。即使經過時間的淘洗，我仍記得，黯淡窄仄的室內，從案頭仰望，有扇窗朝外，是我與未知世界連繫的通道，蘊含著我對遠方的無限想像。那時，我不知道什麼是小說，也不明瞭寫作對我的意義，只一股腦兒把埋藏在心底的祕密心事全掏出來，化成文字，敘說生命中最誠實的告白。或許，對多年前那個佇立在分岔路口眺望，面對未來諸多迷惘的少女而言，寫作是一個叛逃的出口。

直到後來，跨越大海，我踏上夢寐的島國，從繁華的台北到樸實的花蓮，繼續不止息的漫遊。唸著非心所願的科系，面對身分認同的弔詭，文化語言的差異與衝擊等，我奮力學習和適應，冀望能逐漸接近理想的高度；然而，面對內外的混亂、矛盾與掙扎，心靈愈加飄蕩無依。我莫名想念文字曾賦予的救贖力量和溫暖，於是重新執筆書寫，爬梳許多難以言說的情緒。越寫，越著迷於筆下那穿梭在真實與虛構之間的世界。一個故事，就是一個完足的小宇宙。我陷在自己創造的文字迷宮裡，走不出來。我帶著這份執著，奔赴海島以東的邊陲，山風海雨的所在。長大以來，我初次擁有完全屬於自己的房間，在這片私密的領地裡，我恣意想像、自由沉思，在文字鑄造的星球裡自行運轉，似乎離文學近了些，又彷彿遠了些。

時間不停逝去，我仍願意相信，那時自胸口熱切湧動的暗流，是真實而動人的，且值得永恆追尋。未來的某一天，我的記憶變得斑駁時，唯有書寫，能為我凝結永不復重來的時光，那些人事與風景，快樂與傷痛，都該有其安放的位置。

從初夏尋思構想、動筆到入冬修繕完結，歷時約半年多，故事書寫期間不乏一鼓作氣的颯爽，也飽受椎心煎熬，痛並快樂著的情緒，徹底映現了書寫詭譎迷人之處。小說以萬物初始的渾沌開啟故事，歷經漫長的遊蕩，最後歸返大自然的母體，發現生命最初的泉源。

如果漫遊是為了回歸，我長途跋涉，穿過時間的大霧，終於再次返回童年的母地。或許，它是一趟誕生的時間之旅，亦是一段緬懷往昔的漫遊，以及其他可能，願以文字為記。

目錄

三、回歸

一、渾沌

在這幽黯的國度，
我們的靈魂無所依歸，
哪兒都去不了。

第一個月　水缺

水從天上來，我很小的時候就懂得了。

「水對我們很重要喔，它能維繫我們的生命，是妳這條小生命延續的泉源。」我記得每逢濃雲籠罩天際，媽媽懷抱著我，枯坐在屋簷下的欄杆上等待。那是我四、五歲的時候，距離我們來到古納鎮只不過幾年的光景。

她等待天降下雨水。

這個地方沒有自來水。爸爸在屋子旁搭建了一座儲水塔，靠近客廳的窗戶，大雨一來，爸爸身手矯捷地躍上窗臺，猛力挪開塔頂，充沛的雨水傾盆而下，挾帶深褐色的碎泥土，墜落洞開的水塔中。

媽媽習慣望天，我喜歡黏著她，就陪她望天。小鎮長年炎熱，天空總是高掛著紅滾滾的大太陽。她仰起頭蹙眉，抬手遮掩日光。媽媽身上閃著金黃色的光環，輕盈的光粒子在她頭髮上躍動、閃爍，滑過她側臉，照見瘦削的輪廓和皺紋。那張乾澀、貧瘠的臉，一直盤旋在我腦海。她低垂眼瞼，靜默坐著，小小年紀的我猜不透她在想什麼。

我追隨她的目光。天空的濃雲變化多端，像心思飄忽的少女。凝聚的雲團忽而散開，又聚攏，變成不同的模樣，有動物或花朵的圖案。雲朵在陽光照射下變成顏色繽紛的棉花糖。大風吹起，雲朵開心地流浪去了。那時我的世界很小，時間彷彿過不完，消耗在望天和玩樂上。

烏雲低得快要壓扁我們的屋子時，我們開始慌忙起來。媽媽鑽進昏暗的屋裡，傳來物體碰撞的聲響。過了一會兒，她提著藍色水桶搖晃走出屋外，嚷著：「好像要下雨了，快去把放在廚房的水桶拿出來！」我連跑帶跳地衝進去，笨拙地拖出水桶放在屋簷的水管下。

我們仰望天，烏雲低垂得彷彿觸碰就會洩洪。

大雨還不來。

日光緩慢移動，拂過鄰近屋舍、樹林、遠處山群，潑紅了我和媽媽的身影。

我們枯坐，等了一整個下午，直到傍晚，媽媽做好了晚飯，喚我進屋吃飯，我才放棄守候。

夜裡，我入房睡覺，雷聲隆隆，大雨突如其來打落在鐵皮屋頂上，濕潤我的夢境。

我陷在迷濛的睡意中。夜裡，媽媽似乎來過好幾回，她溫柔地替我披上被單。風雨從窗戶飄進來，她關上窗，將破舊褪色的布塊塞在牆縫處，布塊很快就濕透了。雨水長年滲進房間，久了會散發一股陳腐的霉味。

夜雨狂暴而凌厲。層層疊疊的雲團，彷彿囚禁著遠古的巨獸，在雨霧中張牙舞爪。窗外世界洶湧激昂的雨聲，挾著夢境而來。

天曚曚亮時，我恍惚醒來，房間光線陰沉沉。耳畔清晰傳來細雨滴落樹葉的窸窣聲。我下了床，推開窗，冷風揮打我臉，雨勢減弱，但仍徐徐落下。空氣含有飽滿的水氣，我深呼吸，徹底清醒了。整個房間彷佛浸泡在濃稠的濕氣中，散發泥土和植物的氣息。

我跟著媽媽在屋子裡走動，整個上午不停打掃房子。她打開櫥櫃，清洗染上灰塵的碗碟、杯子。她撤換骯髒的蚊帳和床單，用乾淨的抹布擦拭櫥、桌椅的塵埃。她提來小水桶，擰乾濕漉漉的拖把，開始抹地板。我也拿來一塊舊布幫忙她。媽媽不許我在屋裡到處亂跑，以免弄髒地板或不小心滑倒。

房子像是從一場長眠中驚醒過來。我靜靜躺在床上聽著風雨呼嘯聲，空氣中瀰漫濃稠的泥土氣味、不同品種的樹葉和花朵的清香味。昏暗的房間有了涼意，驅散滯留的熱氣。三五隻壁虎從夾縫冒出蹤影，在天花板爬來爬去，有的意外滑落蚊帳上，掙扎著，再沿牆面往上爬。墨綠的青苔長年淤積牆角和木板凹陷處，散發潮濕的霉味。有面牆還開出無名小花，真是神奇極了，我匆匆下床，湊近花兒嗅聞。蒼蠅、螞蟻循著濃濁的腐臭味，紛紛傾巢而出。我眼中看到的世界變化成許多形態，也相融在一起，房間裡的各種物體赤裸裸展露內在的本質，木板牆的紋路、天花板、衣櫥、床，在我眼前流動它們的過去和未來，停在蚊帳上的蒼蠅、蚊子，紛紛變成碩大無朋的軀體，彷彿有股無邊的力量，足以把我吸入牠們的身體深處。我走在長廊，地面和天花板微微聳動，整間屋子不停哆嗦，像個老人。

我跑到屋簷下，屋外的水桶早已浸滿雨水。有水喝了，我開心起來。雨絲落下激起美麗的水花，掀起陣陣漣漪，吸引我的視線。媽媽不許我玩水，我無趣地摸摸頭，蹲在門邊看雨。爸爸僱用的工人的小孩從我家附近的員工宿舍跑出來淋雨。大人們忙於工作和家事，疏於管束孩子的活動。他們歡快地沐浴在雨中，盡情玩樂，放肆地高聲喊叫，任雨水浸濕他們泛黃的衣服和身體，黝黑的皮膚散發油亮的光澤。屋外仍然細雨霏霏，附近的烘爐廠沉浸在濃煙迷霧中。工人們面目模糊地埋頭做事，機器規律地發出轟隆的聲響，掩蓋了他們細密的談話聲，雨絲擾亂了我的視線，他們晃動的身影忽隱忽現。紛雜的雨聲和機器運作聲充塞我的雙耳。

耀眼毒辣的陽光燙著我的胸口，林樹、烘爐廠、池塘、祖父的可可園和周圍的景緻連接成圓形的玻璃球，不停發生作用，向其他地方延續。這股驚異的力量震懾了我。

我重新擁有了初生之子的特殊能力。比現在更小的時候，我可以感知周遭事物和大自然的流變，狠毒的太陽、看不見天空的濃蔭雨林、黑色的河水、永遠泥濘的路、棲息在蠻荒叢林伺機而動的野獸紛沓而來，向我展示循環不息的景象。

雨水變化莫測，兩三天陰雨綿綿或午後雷陣雨，也可能好幾天出大太陽，炎熱得彷彿置身酷熱的沙漠。媽媽說雨水是老天賞臉賜給我們的，擁有它的時候，要好好珍惜，不能隨意浪費，所以除了喝水，日常用水是從河裡和湖水來的。

我家附近有一條河，走五到六分鐘的路程，就能看見那神祕的河流。這條河流經爺爺的可可園、樹林、乳牛場，蜿蜒到一個死湖。哥哥還沒在鄰城讀中學前，他曾偷偷帶我去探險，尋找小河的源頭。

我記得那日天色昏暗，爸媽在舊街的東林店，鎮日忙做生意。我窩在家裡覺得無聊，央求哥哥帶我去冒險。媽媽講過愛麗絲夢遊仙境的故事給我聽，此後我就興起漫遊的念頭。哥哥抵不過我的撒野，答應帶我展開探險遊戲。

我們溯源，尋找河的盡頭。哥哥牽著我的小手，我們倆興奮地鑽進可可園，邊唱著歌兒，邊踩著草葉土壤，沿著小河一路深入神祕之境。河中有碎石和塊狀的泥巴，還算清澈，水是冰涼的，一切看起來多麼美好。

我祖父未過世前，哥哥曾和他深入可可園，所以他熟稔園裡的路徑。我們穿越可可園，經過蟲鳴四起的樹林，日光黯淡，林裡陰森森，飄散著不尋常的氣氛。我緊抓著哥哥的手，他不停問我要不要回去啊，我們不要再往前走了。我嘴倔，大聲說不行，硬拗他不能半途而廢，食言的人是狗熊。我們繼續沿河走，他撫慰我說快到了喔，前面就是了！旁邊的乳牛場是一對馬來夫妻的，似乎不善打理，雜亂的房舍和乳牛場，幾隻乾癟的乳牛垂頭喪氣地吃著草，沒有一點兒活力。我們摀住鼻子，快步奔跑，以躲開濃重的尿味和臭糞味。

我們好不容易找到了傳說中的死湖水。

我疲累得走不動了，一屁股坐在湖水旁的草地上。我們走了許久，雙頰紅彤彤，我拉哥哥坐下，微風吹過我們的頭髮，吹乾我們汗濕淋漓的身子。那是一個好大好大的湖水。這是我第一次看見湖，感到無比雀躍和興奮。「很大吧！爸爸利用抽水機將湖水和河水抽取上來喔，再放入大水缸！」哥哥也開心起來。

「是喔。」我好奇不已，閃動著發亮的雙眼，瞧見了湖水旁有座顫動的抽水機，機器的下部沉入水中，露出上部的機身，發出轟隆隆的運作聲。抽水機銜接著一節又一節長長的水管，一路延伸到河的另一端。難怪我沿河前來，都會看見奇怪的水管。

湖面上的水紋輕輕波動。我休息夠了，拍拍屁股和手上的草葉，緩緩走近湖，想仔細探個究竟。「小心點啊！」哥哥大聲喊，也跟著爬起來。我近看，才發現湖水不似先前的河水那麼清澈。湖面漂著綠色的浮萍和微小的浮游生物，數隻蜻蜓在湖上飛舞，小蒼蠅在浮萍上方飛來飛去，風掠過湖，飄散一股潮濕的濃濁氣味。

「好臭哦！」我不自覺脫口而出。

湖面的中央浮著一個暗褐色的奇怪物體，有點龐大，不知是什麼，我被它吸引住目光，往前多踩一步，想看清楚它的模樣。哥哥匆匆過來我身邊，嚷著：「太危險了，快回來！」他正想拉住我，怎知我腳一滑，噗咚一聲掉入湖中。

「哥，救我！」我害怕得大喊出聲，不停地在水裡掙扎，彷彿覺得雙腳有點沉重，無法自由伸展。

「別怕！」哥哥倏地跳入湖，托著我的下巴，讓我能呼吸，他用盡力氣拖拉我上來。

好一陣子，我的身子禁不住拚命顫抖。我初次感到來自心底的恐懼，彷彿有股莫名的吸力拉拽我沉入深深的水底。這種感覺來得迅速、短暫，全身虛軟，雙腳傳來冰冷感，直竄入腦袋瓜，轟然一片空白。哥哥不停晃動我的肩膀，大聲呼叫我，一直喊著不要嚇我啊！我有一瞬間答不出話，好不容易才回過神。

突然，那奇怪的物體露出牠的身體，我們發楞注視牠。

「大蜥蜴！」我大喊。

那隻大蜥蜴像中體型的鱷魚，模樣醜怪，浮游在湖中。樹林、叢林和一些荒野地帶常有蜥蜴出沒，哥哥見怪不怪，我卻始終覺得可怕。我嚇壞了，完全走不動，他見我這模樣，馬上拉著我，遠離湖水。

「妹，哥哥帶妳回家！」他揹著我小小濕透的身體，一步又一步地沿河走向回家的路。

一路上，我的牙齒不停顫動，不知是在發抖，還是風吹著濕透的身子，所以覺得冷。我們回到家時，早已天黑了。

我們戰戰兢兢推門進屋。爸爸臉色肅穆，獨坐在昏暗的椅子上，似乎在等我們回來。媽媽焦慮地在客廳來回踱步。我們躡手躡腳，踏入家門，爸爸馬上放下蹺起的腿，眼神凌厲盯著我們。我抖著身子，下意識躲在哥哥背後。

「說！這麼晚了，你們到底跑去哪？」爸爸怒聲質問。

媽媽護著我們，叫爸爸不要太激動，有話慢慢說。我嚇得不敢回應，哭了起來，躲進媽媽的懷裡。「衣服怎麼有點濕？」她悄聲問我。爸爸見我們不回話，動怒起來。

「你說！」爸爸看著哥哥說。

哥哥沉著一張臉，鼓足勇氣將實情托出。爸爸聽了更生氣，怒聲說：「你真大膽，帶你妹亂跑，如果掉進湖裡救不起來怎麼辦？」他往暗處摸索，搜出一枝長藤條，朝哥哥雙腿狠狠抽打，瞬間冒出紅辣辣的傷痕。不要打了！媽媽不斷勸阻爸爸，衝過去擋在他們中間。我啜泣著，囁嚅地吐不出完整的話。

這場混亂最後演變成爸媽之間的爭吵。

事後，我一直覺得對哥哥很愧疚，要不是我調皮好動，非要哥哥帶我去探險不可，他就不會挨打了。這件事始終縈繞在我記憶深處，形成我莫名的恐懼，在日後如影隨形。

住家附近的河、湖水用作日常用水，如洗澡、洗衣、清洗房子內外的石灰地等。媽媽為了省錢，家中所有衣服都親手洗濯。她蹲在狹窄的廁所裡，雙手經常浸泡在水中洗衣。我會勤奮地跑到廁所邊，要求分攤她沉重的家務事，她總是交給我一些簡單的任務。但我年紀太小，玩樂的成分大於幫忙。時間日久，媽媽的雙手和腳底板爬滿龜裂的紋路，摸起來粗糙多了。

那次之後，我抗拒用那些水洗澡。「媽，水很骯髒，我看見大蜥蜴浮在湖裡。」「那是我們唯一能使用的水，雨水只夠用來煮飯和喝。」媽媽無奈地攤攤手，示意我沒得挑剔了。有段日子，我只要洗了澡，就感到渾身不自在，有種莫名的陰影，總覺得自己的身體是髒的，彷彿那隻冰冷的大蜥蜴攀附在我身上，尾巴纏繞我的脖子，足以窒息我。

骯髒的水侵蝕我們全家人。我們的眼睛、手和腳都長了膿瘡。一塊塊大大小小黃綠色的膿瘡成為我們身上醜陋的印記。媽媽經常幫我和哥哥刺破熟透且變成濁黃色的膿瘡。她耐心地拿針瞄準膿瘡，我蒙住眼不敢看，針輕輕刺破，咻地一聲，馬上流出混濁的黃膿，再用面紙擦拭乾淨，塗上藥膏。這樣的日子過久了，我仍然在媽媽刺破膿瘡的那刻，閃過一絲驚異和顫慄的感覺，一塊塊膿瘡瞬間幻成洞開的枯萎花朵。

這不是我身體最初的毀損。

如果往前追溯，要回到我出生前。

我是名早產兒。

我在母體羊水裡孕育不完全，提前一個月，匆匆降生到這個世界。媽媽肚子裡懷我時，患了胃病。那年八月的某個清晨，曦光穿透紗窗，拂過她綴著汗珠的臉頰。她躺在床上，腹部突然湧來劇烈的絞痛，揪著她。她不斷喘氣，拚命喊醒身邊的父親。他揉揉眼，睜開看見她滿臉痛楚，愣在那裡，媽媽耗盡吃奶力氣，狠狠踢向他的腿。他哀號一聲，瞬間回過神，慌忙抱著快分娩的媽媽，直奔醫院。我不是出生在古納鎮，滿週歲後，我們全家才搬遷過來。

那個時候，媽媽躺在充滿濃烈藥水味的產房床上，臉露苦楚，頻繁的陣痛使她發出斷續的呼喊聲。她兩眼發直，盯著天花板，想藉此轉移痛苦。時間緩慢像一棵老樹，她承受煎熬。漸漸地，她筋疲力盡，嗓子變沙啞。時近傍晚，澄黃的陽光灑落走廊。爸爸焦急等待，在走廊上踱步，身上掠過斑駁的光影。忽然，產房裡傳來間歇宏亮的哭聲，我出生了。

「妳是在日落最後一道光消失前誕生的。」媽媽說，她在痛得昏厥過去前，恍惚間看到窗外有道光線灑落大地，接著我就呱呱墜地。早產導致我比一般人體質貧弱，我將它視為天生的缺失。直到現在，我始終覺得有某部分的自己仍遺留在那塊閃爍著金黃色光芒，充滿溫暖的羊水之地。

第二個月　她是樹

說起我祖母，我會將她聯想成一棵樹。更為正確來說，祖母是一棵美麗嬌豔的樹。她過世的時候，相當年輕，正值妙齡的年紀。

關於她死亡的真正原因，是我家族不為人知的祕密。她不是一般的自然死亡，而是被人謀殺的。在我童年的歲月裡，媽媽不曾對我敘述祖母過世的事。直到我遠赴台灣留學以後，往前追溯家族淵源的時候，她才娓娓向我道來，揭開這件埋藏在心底的家族祕密。

我喜歡穿上一襲綠色的長袍，它擁有撫慰的作用，能使我安穩入眠。自從聽了有關祖母的故事，我發現這襲長袍原來是祖母的衣服。她年輕的時候，也和我一樣穿著這襲長袍入睡。我有記憶以來，祖母的長袍就一直陪伴我。我完全沒有印象，自己是如何取得這袍子的。這長袍是祖母生前的遺物，當年祖父出獄後，收拾衣櫥時，找到了它。幸好沒有隨著她的遺體一併火化，保留了下來。過去，它經過家族裡許多人的手中，最後輾轉到我身上。它已經有點破舊和脫線，但對我而言，卻具有無比特殊的意義。我穿上它，彷彿可以感受祖母生前殘留的餘溫和氣味。

我從沒看過祖母，但祖父我是看過的。他活了大半輩子，過世時神態很安詳平靜。據說，他當時在一家常去的茶餐室，坐在椅子上，沉沉睡去，在睡夢中悄悄過世。而祖母的幽魂早已深埋在土壤裡，多少年來滋養著那一大片鬼魅幽深的樹林。

「妳還未出生，她就過世了。」媽媽曾這樣說。

爸爸還沒長成大人，她就離開這個世界了。

我祖父年輕的時候，曾教過書，是名老師，還做過宗親鄉公會的查帳員。那時我們家族還沒遷徙到婆羅洲沙巴的古納鎮。祖父原先是住在馬來半島的一個小鄉鎮。一直到馬共黑暗時期，我祖父開始替英殖民政府做事，當上一名特警人員。他為何會當上特警人員，家族中的人都不太知曉真正的原因。當時，祖母反對祖父做特警人員，他們曾經為此事吵翻了天，卻仍然改變不了這個事實。

那段漫長的時期，政府招攬小鄉鎮的大批華人，強勢將他們全部集中在一個地方，圍起冗長蜿蜒的籬笆，形成一個偌大的圓弧狀新村。這個特殊的新村與外界隔絕，圍籬的出口處還會有哨兵輪流守衛，大家要外出到橡膠園工作還需要出示通行證，才可以進出新村。生活在裡面的人就像被束縛在一個囚籠裡似的。一切日常生活都受到監控和管制，連米糧也經由政府按家中人口多寡來分配，不允許私自買米糧煮飯。那時媽媽還很小，她曾經拿著大鍋前往分糧地點領取米飯，再雙手托著沉重的大鍋飯回家呢。

浩浩蕩蕩的馬共游擊隊員長時期出沒於熱帶大叢林裡，他們行蹤鬼魅神祕，與英殖民政府玩著捉迷藏、你追我跑的遊戲；要不就是展開突如其來的埋伏，再伺機狙擊。曾經有人進出大森林和橡膠園工作時，游擊隊員從樹林深處冒出身影，人們為了自身安危，須供應米糧和日常必需品給他們。若是不從，也有可能危及生命，遭到殺害。這可不是我這個黃毛丫頭想像中的有趣遊戲，而是一條條血淋淋的人命哪！

那段動盪不安的日子裡，我祖父身為一名特警人員，專門捉拿有嫌疑的馬共分子，不時向政府當局呈上可疑名單，英軍再出動捉拿那些游擊隊員。

後來不知因何緣由，我祖父似乎得罪了政府部門的人，也有可能是犯了過錯，最後也被政府捉拿，鋃鐺入獄。

我祖母接獲消息後，壓抑不住心底的悲慟，狠狠大哭了一場。她努力冷靜下來，苦苦思索可以拯救祖父的辦法。之後，她時常出入警局，與政府人員頻密往來，藉以疏通祖父的事。我祖母沒有想到她的此番行徑，引起馬共成員對她的疑竇。他們認為我祖母和政府人員如此頻密接洽，有可能密謀什麼計策來對付他們，或偷偷向政府人員告密，這些都會對他們構成不利。

馬共游擊隊放出風聲，要追殺我祖母。鎮上的人奔走相告，熟識的人也勸告她要有所警惕，不可再任意妄為。可是，我祖母不聽勸，她把祖父的事擺在心上，只憂慮祖父如何能從牢裡被釋放出來。

那次事件突如其來發生，讓人措手不及。

從一些家族成員提供的線索中，我足以描摹這樁令人惋惜和感傷萬分的慘案。狙殺我祖母的風聲，傳遍整個小鄉鎮過後的一個黎明，那時晨曦乍現，樹葉沾著晶瑩的露珠，在微光的照射下閃爍著亮光。我祖母如常走往熟悉的路徑，腦海中沒有閃現任何預示，她為了生活，仍然需要大清早起身前往橡膠園割膠。這只不過是平常日子裡的某天清晨，但卻是我們家族揮之不去、潛藏在心裡的一個清晨。

灰濛濛的橡膠園，偶有微光閃動，在無人的黎明顯得冷冷清清，釋放出陰森森的鬼魅氣息。拔高朝天的無數橡膠樹，枝葉繁茂，未褪去的烏雲和清光在樹梢間靜悄悄洩露出來。沒有人能輕易參透和掌握自己的命運，當時的祖母也是不曉得的。一棵棵橡膠樹背後潛藏著危機，在昏暗的橡膠園裡隱隱發酵。她罩著一件素色布衫，纖瘦的背影在橡膠林間忽隱忽現。在這之前，她沒有察覺任何異樣，懷著祖父未能歸來的心事，她手中拿著一把鋒利的長彎刀，沿著熟悉的路徑，從橡膠樹的一端，一路往前割到橡膠樹的彼端。她熟稔地對著橡膠樹身，彎刀平穩地割開樹皮表層，以彎月形的傷痕弧線，再往樹皮內層割開另一層，直達樹身深處，汩汩流出乳白色的橡膠汁，用樹膠杯盛放，以一杯杯的橡膠汁換取微薄薪資。這個時刻，她似乎察覺有絲不尋常的氛圍，然而如此短促的警覺，也難以挽回命運對她的擺佈。倏地，幾個臉龐蒙上黑布條的男子，迅速從隱蔽的樹林竄出來。他們個個身手矯捷，悄無聲息地忽然來到我祖母背後，我祖母發現他們的時候已經來不及了。有人攫住她的臂膀和腰際，將她箝制住。另有人探入褲腰的暗袋摸索，亮出銀白色的短刀子，閃電般的亮光照著祖母年輕嬌美的容顏。那瞬間，她凝結著所有足以想像的恐懼和複雜的神色。她抖著慘澹的雙唇，這一會兒才真正意識到脅迫和危難。所有動作在短暫的時間裡發生。其中一名男子摀住她的嘴巴，不讓她發出聲音，蠻橫地將她拖到橡膠林的隱密處，舉起刀子，徒手準確且毫不留情地割斷她的喉嚨。她來不及吶喊和求救，還沒救出祖父，她卻早他一步，消失在這個世界。祖母當場氣絕身亡。他們將她狠狠丟棄在橡膠林中，迅速逃逸。

我祖母的脖子劃開一道深深的血痕，就像她割開的橡膠樹皮，流出乳白橡膠汁一樣，但她脖子的喉嚨部位流出的卻是汩汩的鮮血。那鮮紅豔麗的血從洞開的部位泉湧噴灑出來，濺到枝葉散布的土地上。祖母墜落在地，圓睜著雙眼，空洞的目光似乎凝聚了那瞬間驚恐的神色，嘴巴來不及合上，形成一幅奇異的畫面。她年輕嬌美的臉孔，就此滯留在時間的長河裡，永不會老去，將永遠青春美麗。

陽光灼熱起來，赤裸裸照耀著浸染在土壤和樹葉上的猩紅色鮮血。我祖母的鮮血緩慢流入土壤深處，滋養這片橡膠園，綿綿延續她未完結的生命。

有人發現祖母時，已經喚不回她的靈魂。這宗命案傳遍整個小鄉鎮，大家複誦關於祖母的故事。我們家族的人辦好喪事，為祖母立了一座墳。

我祖母是被謀殺的，在家族裡成為一個祕密。

祖父未曾見到祖母最後一面。他關在大牢裡，度過幾年的光景。直到馬共游擊隊伍走出森林，接受招安後，他才獲准出獄。那時距離祖母過世已經好多年，他初次到鎮上的墳場為祖母上香。

我們遷來古納鎮全憑祖父的率性妄為。有一回，我祖父在午後補眠，躺在房間的床上，空氣滯悶，他睡得淺，不斷翻身，做著一個奇異的夢。夢裡有棵碩大的榕樹，樹幹雄渾，枝椏向四方擴延，滿滿葉片蓊綠。遠處飄來奇風，狂颳榕樹。漸漸，風平息了，前方有名少年挺立，一隻豐羽華豔的鳥佇立在他肩膀上，他昂首闊步走來，在榕樹下站定。忽然，不遠處的樹林群鳥嘩喇嘩喇響徹雲霄，少年肩上的雄鳥撲動羽翅，倏地朝林子方向飛去，迅速不見蹤影，獨留少年守著一棵老榕樹。

他逢人就提起這夢，日夜苦思其中的涵義，卻沒有答案。他萌生念頭，決定出發去尋找夢中的這個地方。我祖父召喚大伯公一塊兒跋山涉水，度過漫長的日夜交替，行過不同的小鎮和村子。有一天下午，天氣炙熱，他們走得汗流浹背，腳步越來越沉重，已經有點分不清走到什麼地方。他們身處一片荒原地帶，往前走又是蔓草叢生的景象。前方有棵濃蔭的大樹，他們移動緩慢的步伐，在大樹下歇息，倚靠著樹幹。兩人開始閒聊起在外遊蕩數日，彷彿只惹來一身疲累，卻尚未找到那塊夢中之地。日光洋洋灑灑照耀大樹，有抹金光映射在綠葉的紋線上，閃爍晶瑩的色澤。祖父抬眼一看，忽然心神被懾住了。他站起身，仔細端詳晃蕩著光芒的大樹和葉片，風吹過，枝葉嘩啦嘩啦掀起來，像極他魂牽夢縈的所在地，喚作古納鎮。

那時祖父正步入中年，骨子裡血液深處仍然擁有充沛的冒險精神。他執意想留下來。若干年後，他和大伯公帶著爸爸和家族的人遷徙到那片荒涼偏遠的小鎮。他重新挖掘出祖母的屍骨進行火化，拎著祖母的骨灰罈，橫渡南中國海，來到一個全然陌生、蔓草叢生的地方。

那個年代正值墾荒種植潮，我們家族遷來後，陸續湧來各地陌生的開荒客，原本沒沒無聞的小鎮瞬時喧騰起來。許多荒地被搶購和侵佔，掀起難以想像的衝突和紛爭。祖父和爸爸為了申請開業執照，必須辦理繁瑣的手續，他們多次向政府和種植單位進行交涉和談判，也激起當地種植園主的阻擾和抗議。漫長的紛擾時日平息後，終於順利取得執照。

我祖父和大伯公合作開墾遍地荒野。當時買地廉價，他們買了一大片樹林，焚燒後重新種植可可樹，成為小鎮為數眾多的種植小園主之一。年輕的爸爸追隨祖父和大伯公出入雨林，那段日子他們穿梭在林樹之間，暫住在雨林中臨時搭建的簡陋屋舍，或原住民的長屋。他們花了一番工夫和時間，終於揀選出合適的可可樹種植地。

他們需要先焚燒莽叢野地，毀滅廣袤的林樹，以利於播種，並種植遍野的可可樹。由於深怕無法控制燎原的熊熊火勢，祖父聘請當地的原住民工人監控焚燒雨林的任務。我曾經看過一張爸爸在荒野之地拍攝的照片。畫面中的爸爸神氣活現地舉起長獵槍，傾斜著身子，站在焚燒後殘留枯枝散葉，遍地灰燼和燒焦味的緩坡林地上。他低著頭，瞇起左眼，透過長獵槍，擺出瞄準前方目標的動作。這張照片就是當時祖父他們在「燒芭」過程中攝下的。

小鎮上唯一的大街聳立幾戶浮腳屋，除此之外都是廣闊的土地和蠻荒野地。我祖父手上沒有太多餘款，和爸爸經過揀選和考察，買下一塊遠離大街的緩坡地，開始築起房子，聘請當地的工人建造大木屋，他們在豔陽和陰雨下動工，耗去一段時日才完工。

屋子後方原是一片樹林，祖父在那裡栽種可可樹，附近有條河水，流經這片可可園、乳牛場，最後通向一個大湖。那塊緩坡地蓋了棟大房子，還餘下寬廣的地，爸爸喚來工人在附近建起可可烘爐廠。拔高的鐵鋅板屋頂，每天中午過後整間廠房熱烘烘，地面是石灰磚圍建的長形烘爐。有道階梯攀高，行進而上就是長長的木走廊，通往白牆、不透明黑玻璃的小辦公室。廠房的後方搭建了類似原住民長屋的員工宿舍，供給員工和他們的家屬入住。

等我比較大的時候，爸爸在屋前打造一座媽媽的花園，房子周圍種植遍地的野花和樹木，滋長蔓延的威力驚人，只要久未打理，就以一種猖獗的姿態沿著坡地邊緣繁衍，圍繞著整座遺世獨立的緩坡地。

祖父投注心力在自己的可可園，請我舅舅監管種植園區。那年舅舅孤身一人，因此下了決定，追隨媽媽和我們一家人前來古納鎮落戶，展開墾殖活動。爸爸和祖父分別有各自的生意。他在舊街上與當地友人合夥開了一間可可土產收購店，名為東林店，主要是向當地的原住民或小園主購入生可可果實，把它們烘乾，進行加工處理。房子附近的烘爐廠長年浮沉在濃濁的煙塵迷霧中。成熟的生可可是澄黃色、橢圓形狀的果實，如果還未熟透，是青綠色的。爸爸將收購而來的生可可果實，交給工人們處理，他們需要剖開果實，挖出生可可籽，它的外層有濃稠的透明黏液包覆乳白色的可可籽。最初，先將無數顆粒狀的生可可籽放置在木箱裡，讓它們發酵約五至七天的時間。發酵過後的可可豆散發一股腐酸味，瀰漫在空氣中。接著，放在特殊構造的長方形烘爐裡，轟隆隆響，經過高溫烘烤或曝晒下，漸漸變成紅褐色或焦黑色的乾可可豆，聞起來有股濃郁的巧克力味，吃起來充滿乾澀，帶點苦味的感覺。加工處理過的可可果實就由貨車司機運送到鄰近的斗湖市售賣給商家。

屋子後方的可可園是我祖父的。當時，他做了一件令我們困惑不解的舉動。他焚燒那一大片樹林後，將祖母的骨灰撒在那裡的土壤上，再種植新的可可樹。祖母的骨灰流入土壤深處，滋養了那片可可園。從此，我祖母幻化為一棵棵美麗的樹，以她生前豐美的生命力延續在這塊土地上。

祖母的幽魂在樹林之間四處遊蕩，彷彿一直追隨祖父的身影，默默守護他。每次，我看著那一大片幽祕的可可樹林，就會聯想起祖母的身影，她猶如一位渾圓的地母般，盤踞不願離去，緊緊守著這片蓊鬱的林地。

二、漫遊

為了填補生命裡的缺口，
我一直遊走在路上。

第三個月 消失的人

天黑得快，白晝像泡沫般，稍縱即逝。

我住的古納鎮，傍晚天色就暗下來。白晝亮得快，每天黎明五點多，太陽迫不及待露出紅彤彤的臉蛋，陽光亮閃閃穿透窗戶，照進我的房間。

天光矇矇亮了。

我們的日子彷彿都在黑暗中度過。到了夜晚，小鎮一片死寂，漆黑的街道沒有什麼人，只有遠處的房舍點燃燭光。在這偏僻荒涼的小鎮，沒有水電供應，我們是被忽略的子民。每到晚上，天暗下來，屋子的走廊、房間和客廳等處變得陌生，不像我原來住的地方。身在黑暗中，我的聽覺變得敏銳多了，聽見屋外荒郊野外響起蟲鳴聲。媽媽拿著火柴枝，唰地一聲，亮起星火，點燃蠟燭和油燈，照亮屋子，昏黃的光是我夜裡的小小溫暖。媽媽很早就催我睡覺。只要天黑了，我們就做不了什麼事。她會在我入睡前，進來我房間，坐在床邊，摸摸我的頭，跟我道聲晚安。我可以嗅到她身上散發淡淡的廉價香皂味。熱風從紗窗一波迎著一波灌入房間，挾著遠處樹林的燒焦味。我躺在床上，聽見黑暗中的窸窣聲，蚊蠅拚命黏附在蚊帳上，咿咿嗡嗡響個不停。房裡滯悶的空氣，撩得我汗流浹背，睡不著。難以入眠的夜晚，我就會開始想念哥哥，兀自想像他過得怎麼樣。充滿紀律和約束的寄宿生活，使他無法常常回家。爸爸決定將哥哥送往寄宿學校讀書時，我曾在心底埋怨過爸爸，幾乎以為爸爸這麼做，全是因為他的私心。他們父子倆向來不對盤，彼此的個性太相似，既頑固又不願妥協，才會常常一碰面就起爭執。後來，我才明白爸爸的苦心。然而，少了哥哥常伴身邊，我的心像缺少了什麼，有點空空蕩蕩的。

雖然偶有溫暖的時光，但在我暗淡無光的童年日子裡，深藏著一個不為人知的祕密。自從那次我和哥哥隱瞞爸媽，偷偷冒險闖入林野，沿河尋找傳說中的死湖水，並意外掉落湖中，驚見潛泳在湖水裡的巨蜥蜴後，我的心底悄悄烙下了不可磨滅的陰影。事後某一天，我突然發現自己的影子不知何時失蹤了。我的影子被那次可怕的事件嚇壞逃走了，我茫然失措不知要往何處尋找它。我開始害怕天黑，每當燭光投映在屋子的牆上，就一再驚醒我，不要再做夢了，妳的影子不見了喔，趕快想辦法找回來吧！黑暗有股莫名的魔力，會使人沉靜下來，忘了白天的歡欣。黑暗又帶著無所不在的恐懼，好像有隻魔鬼躲在暗處偷窺我，對了，就是一種被盯視追蹤的感覺，讓人透不過氣，如果可以選擇，我想逃到光明的地方。

幾天前的傍晚時分，天色陰暗，烏雲密布，低得彷彿快掉下來壓扁我。可是我難得逮著機會，到處遊蕩，不想早點回家。我踢著小石子，追著黃泥路上的石子蹦蹦跳跳，走啊走的，就溜進了培新小學。已過上課時間，每間教室空蕩蕩，老師同學都走光了，整個校園瀰漫閒散的氛圍。我悠哉地晃蕩，恍惚聽見砰砰落地的細微聲響。我睜著烏溜溜的眼珠，搖晃小腦袋，東張西望，尋覓聲音從哪兒來。

我逛啊逛，發現幾個長得比我高、看起來比我大的男孩子，在球場上奔跑，踢著足球。我覺得有趣極了，奔到球場旁邊，坐在一棵雞蛋花樹底下，雙手托著下巴，興味盎然地盯視在他們腳邊滾來滾去的足球。我沒有玩過足球，這類激烈奔跑的運動不太適合我的體質。

忽然，一團烏黑的大旋風籠罩天空。「你們看，龍捲風啊！」球場上有個男孩伸手指向天際，猛然跳起來，大聲呼喊。其他人隨著他的指示，紛紛抬頭仰望這奇景。我也抬頭望去，哇，大約距離這邊不到一公里的天空，真的有一團奇風迅疾旋轉，轉啊轉，吹啊吹，吹向大街上兩排浮腳屋的上空。那團龍捲風在天空盤旋了大約十幾分鐘，捲走某間浮腳屋的鐵皮屋頂，迅速而高高飛旋到天邊，不知會墜落到哪裡。兩排店屋嘩嘩作響，被震得微微搖晃，周圍的樹木婆娑起舞，嘩啦啦響。我看得目瞪口呆，嚇死人了！我狂奔起來，跑出學校，朝大街跑，有支掃把在我前方被狂風吹走，又掉到別的地方，發出啪啦的巨響。我拍拍胸脯，傻了幾秒才回過神，繼續穿過大街，跑到東林店告訴媽媽。

事後，我還心有餘悸，害怕那團突如其來、極具威力的旋風轉啊轉，也將我捲進烏黑的漩渦中，瞬間消失，然後不知飛向何處。這團詭譎的風吹亂了我心底不安的情緒。我想起鎮上一些莫名其妙或神祕消失的人，沒有人能解釋，他們為什麼就這樣消失了。

周老闆也是那消失的人。

鎮上發生了一起謀殺案。

那晚，天色很暗，大街上響起嘈雜聲。我們住的地方沒有電。我和媽媽在回家的路上，看見浮腳屋那一帶凝聚一片火光。我們好奇前去，一群男女擎起油燈，照亮他們複雜的神情，圍聚在一家理髮店樓下的走廊。有人受好奇心驅使，挨近路邊的警車和救護車，大膽上前詢問一位馬來警察發生了什麼事。人們在私底下絮絮耳語。龐雜的聲響從商店的屋頂四處擴散，許多人聽見聲響，從住家和店裡走出來湊熱鬧。有些被吵醒，睡眼朦朧的小孩，害怕得縮在大人身後。人們摩肩擦踵，空氣中瀰漫濃濃的汗酸味。

媽媽上前撥開路，我尾隨在後，擠進人群中。人們沸沸揚揚爭論不休，每個人編織各種說法，相互探問小道消息。大家摸不著頭緒，忽然有個聲音從媽媽後方傳來：「鬧出人命囉！」這句話像顆炸彈，在人群裡爆開，人們驚愕不已，倏地喧譁起來，搜索是誰說出口的，逼問這話的真實性。一陣巨大的嘩然聲再度掀起，比先前更吵雜。人潮晃動，警察扯破嗓子喊著，想控制混亂的情勢。我被大人推擠著，差一點兒跌倒，幸好媽媽緊抓著我。在一陣慌亂中，我看見幾名醫護人員和警察爬上藥局旁的樓梯，鑽進樓上的理髮店。我曾聽爸爸向媽媽提起，這家理髮店是掛羊頭賣狗肉的，實際上它是沒有掛招牌的娼妓館，平日以美容理髮作為掩飾，有些上了年紀的阿伯和中年男子會去光顧。他說，這家店一定是塞了錢，不然早就關門大吉了。媽媽還狠狠警告爸爸不許偷偷亂來，不可趁她不留意時，也跑去找那些鶯鶯燕燕。我困惑不解，追問他們什麼是鶯鶯燕燕。他們嫌我是小孩子，不許我多問有的沒的東西。

樓上傳來碰撞的聲響，人潮鼓譟，愈加顯露出好奇的神色，引頸注視漆黑中的樓梯。過了一會兒，醫護人員和警察出現，抬著一個臉上劃過幾道血痕的矮胖男人，搖搖晃晃走下樓梯。領在前頭的警察，大聲嚷著讓開。人群馬上挪出一條路，擠在前端的人倏地呼叫起來：「是周老闆！」男人們聽見那驚人一語，激動地踮起腳尖，不停向前推擠，想確認傷者的長相。婦女慌忙帶離小孩，她們的小孩在人潮的踩踏下，大聲哭泣。我在縫隙間窺見傷者，他的脖子和髮絲沾滿鮮血，胸膛被狠狠刺了一刀，鮮紅的血渲染在衣衫上。我猛吞口水，雙腳湧起涼意，襲上腦袋。我身子一軟，覺得快支撐不了。我來不及呼喊媽媽，就被人群推擠在地。人潮混亂躁動，血腥的氣味迅速擴散到空氣中。我摀住嘴巴，阻止體內湧現的嘔吐感。媽媽奮力擠開人群，來到我身邊，懷抱我，馬上帶我離開現場。

那晚，我做了惡夢。我夢見躺在醫護架上的人不是別人，而是爸爸。他的身上被鮮血染紅，媽媽在一旁哀傷哭泣。然後我就嚇醒了，冒出一身冷汗。

命案發生之後，一連好幾天，小鎮都沒有下雨。

大雨沒來，媽媽默默等待。

我在店裡坐不住，滯悶的空氣惹得我心情煩躁。我躲在角落，凝視店裡走動的工人。他們黝黑的臉孔因悶熱而泛起暗紅的光澤，肌膚散發濃重的汗酸味和鼻息。我不停流汗，身體黏答答，皮膚像是有密密麻麻的螞蟻胡亂鑽動似的，我抓癢起來，受不了地站起身，走到長廊上吹吹風。整條舊街籠罩在薄霧中，灰濛濛的長日，讓我泛起莫名的恐懼。巷尾的天后宮陰森森，抽長的雜草浮蕩在氤氳中。周老闆的命案爆發後，理髮店的樓梯口，掛起黃色布條，禁止闖入。媽媽告誡我不能靠近那裡，我總覺得那黑暗中的樓梯會通往一個神祕之地。頑皮的孩子喜歡在樓梯口流連，好奇地探頭探腦。婦女們尋找前來，斥罵並帶走她們的孩子，嘈雜的人聲迴盪在整條走廊。男男女女走在這一帶店面的長廊，經過理髮店的時候壓低嗓子竊竊私語，不時回頭望向漆黑的樓梯口。我好奇想偷聽他們在談些什麼，但很多時候，當他們察覺我注視的目光時，總表現出鬼鬼祟祟的舉止，對我斥責：「小孩子不要多事！」理髮店樓下的藥局照常營業，偶爾幾位警察前來偵查周老闆的命案，藥局老闆需要接受簡單的盤問，干擾到生意。他們離開後，老闆無奈地嘮叨起來：「他們三不五時來找碴，擋老子的財路，人都被嚇跑了，還做什麼生意！嘖！」他的火氣冒上來，罵了幾句粗話，旁人勸慰他，拍拍他的肩膀，拉他到茶餐室喫茶消氣。藥局旁邊開了間摩托車維修店，地面鋪滿烏黑油漬，每位維修員穿著邋遢，全身骯髒和油膩，神情木然地在車子零件上敲敲打打，用工具鑽進車縫，發出刺耳的聲響。他們睨我一眼，繼續手邊的工作，我躡手躡腳走回東林店，蹲在門邊，守望這條舊街，看著熙來攘往的身影掠過馬路。

鎮上傳遍各種謠言，大家都在討論那樁謀殺案，關注它的發展。

週末午後，爸爸帶著我和媽媽上街。爸爸駕著貨車，駛過坡地，日光照耀一大片蓊鬱的油棕樹，紅彤彤的油棕籽閃閃發亮。我溜著眼珠子，看著那些掠過的路邊風景。

我們經過市議會大樓、小學，來到街上時，彩霞染過天空。有些店家提早打烊，只有加油站、超市和幾家店還開著。整條街路冷冷清清，衣衫襤褸的流浪漢徘徊在浮腳屋的走廊上。有些店早已點燃蠟燭和油燈，火光照亮孤坐暗處的商店老闆愁苦的神情。

我們下了車，沿路走過飄散惡臭氣味的垃圾堆，耳畔響起模糊細碎的聲音，我仔細一聽，好像是從舊街傳來的。我們走向前去，喧譁聲更大了。舊街上的亞都茶餐室聚集了許多人。這家老店已有將近五十年的歷史。

斜對面有家殯儀館。舊街巷尾有一間天后宮廟，媽媽說，已經好久沒有人去廟裡拜拜了。神廟的木門緊關著，有天我和媽媽經過廟前，怔怔望著紅幽幽的廟宇隱身在蔓生雜草中。

「諸神不在了。」她忽然開口。

「神為何不在？」我不明所以。

「可能祂們跟妳一樣調皮，到處亂跑，不知去向。」她促狹地對我眨眼睛，滿臉笑吟吟，露出魚尾紋。

有人呼叫我，是媽媽。我追上她，跟隨爸媽走進鬧烘烘的茶餐室。

幾張簡陋的大圓桌圍坐了人。店老闆熱絡地招呼客人，囑咐員工準備酒菜。我環顧周遭，有些臉孔我有點印象，是爸媽熟識的朋友。他們打聲招呼，開始話家常。大部分是我略感陌生的中年男女，大家聚在狹窄的茶餐室談論那樁使人們驚駭不已的命案。圓桌上點著蠟燭和油燈，暈黃的光鬼魅地照著每張神情多變的臉龐，相融在飄忽的光影裡。我壓低身子，深怕他們發現我沒有影子，而把焦點集中在我身上。我羨慕他們投映在牆上的影子，身在人群裡，我顯得格格不入，似乎有那麼一點兒和他們不同，卻又說不上來，這股感覺讓我覺得自己的存在流露怪異的氛圍，我暗自發誓一定要找回我的影子。我們找了位子坐下來，爸爸和他生意上的朋友聊起來。媽媽詢問身邊相熟的婦女，兩人竊竊私語，露出驚異的表情，抬頭看著一位正站著發言的男子。他熱烈地揮舞雙手，情緒相當激昂，聲調逐漸提高，許多人專注聆聽他的談話。我旁邊坐著兩位長相猥瑣的男子，不停在嘀嘀咕咕。零碎的話語不斷飄入我耳中。「真的嗎？」「千真萬確！他常出入那樓上……那些女子肯定有了不得的伎倆，將他迷得團團轉！」「你怎麼知道？你聽誰說的？」「大家都這麼說！還不少人看見呢！不過那地方還真是有問題……」「他太太應該被蒙在鼓裡吧！」「你說呢？」「有了妻小，還出來玩，遲早要還的！現在報應來了吧！」「誰抵擋得了誘惑？你說是不是？」「……」毗鄰而坐的人交頭接耳，換取彼此已知的線索和訊息，吵雜聲在人們之間流轉，迅速傳開。

怎麼回事？

好像出大事了！

聽說死的是周老闆……

真的嗎？

你聽誰說的？

天這麼黑，真的確定是他？

消息相當可靠，我那天經過他屋前，聽見他妻子的哭聲……

唉，這麼年輕就守寡，也怪可憐的！

歹命啊！還留下兩個孩子……

……

他竟然死在那種地方，真是夭壽喔！

是啊，真要命……

不知兇手抓到了沒？

不曉得……

死得也太慘了吧！

搞不好他和誰結仇，才會落得這個下場……

唉唷，誰知道呢！

……

有人陸續站起來，搶著發表意見，眾人的情緒持續高昂起來。我身在吵雜紛亂的氛圍裡，只覺惶惑不安，有許多問題想詢問媽媽。她沒空理我，熱切地和婦女談話，可能也和我一樣想了解事情發展的情況。震耳欲聾的吵雜聲不斷湧來，我真想逃離茶餐室，但是爸媽投入在談論中，我不想打擾他們，只好繼續忍受這些噪音。幾位皮膚黝黑的男子默默走進來，坐在附近的圓桌。他們沒有加入話題，只是靜靜聽大家的言論。漸漸地，他們的臉上露出鬼祟、怪異的神情。我覺得他們有點奇怪，一直注意他們。我湊近媽媽耳邊細語，她望了望我指的那些人，覺得我多心了，拍拍我的肩，叮嚀我安靜坐著不許吵她。

喧嚷的氣氛悄悄引出人們飢渴的腸胃，耐心等待食物的情緒也不知不覺轉變為莫名的焦灼，隨著混亂的爭論，一張張煩躁的臉孔在昏黃的光影中晃蕩起來。老闆安撫大家的情緒，用最快的速度將酒菜端上來。印度薄餅、拉茶、家常飯菜、咖哩雞肉、沙爹、啤酒等，分派給每張圓桌。濃郁的酒菜氣味飄在空氣中，在每個人的唇齒留香。美食引誘大家的目光，盡情享用起來。吃飽後，有人開始飲酒，幾杯下肚就酒酣耳熱、滿臉通紅，藉著酒意和鬆弛的神情，踉踉蹌蹌到處走動，發起酒瘋。酒客的言行變得輕浮，開始胡言亂語，連平日不敢批評的人和事全脫口而出。酒精的強勁在他們身上發揮了作用，他們異常亢奮，胡亂走到別人的圓桌，想和人划拳飲酒，遇著不願參與的人，仍執意勉強，賴著某些人，伸手慫恿他們起身，拉扯之下，衝突就發生了。被勉強的人怒氣沖天，挺著紅脖子，甩開束縛。酒客步伐不穩下，跌撞在地。有人見情況不妙，想緩和氣氛，不斷勸阻發怒的人，卻撩起更暴烈的場面。那幾個神情詭異的男子趁機挑起眾人的情緒，以粗暴的言語向發言者展開謾罵，翻騰的氣焰蔓延。有人掄拳準備開打，還有人拍案叫囂，搬起椅子，擺出架勢，作恐嚇狀。

那些人的怒火被撩起，場面瀕臨失控。我看見那幾個黝黑男子趁混亂，隨意扒別人的錢包。我大喊出聲：「有扒手，快追！」他們推擠桌椅，蠟燭和油燈紛紛摔落在地，搖曳的火光熄滅，茶餐室陷入黑暗。那些扒手趁一片漆黑迅速跑出去。我害怕，叫著媽媽，他們緊緊護著我的安全，將我帶到暗處，我們壓低身子躲起來。幾個男人哼出穢氣，撂下粗話，奔出去追扒手，在不遠的路邊逮著人，雙方扭打成一團。尖銳的警笛聲劃破夜空，警車從街口搖搖晃晃奔駛過來。警員拿起警棍，跳下車，迅速在街路攔截毆鬥的人群。有人喊抓扒手，在一番掙扎下才將他們制伏，押送回警察局。

我們從茶餐室跑出來，望著漸行漸遠的警車。我嚇壞了，緊抱著媽媽，她拍拍我的肩膀，叫我不要怕。

回家的路上，雷聲忽遠忽近，響徹遙遠的山林間。一道銀白色深長的閃電倏地劈開夜空，掛在天邊的星星顫動起來。車子往前馳騁，遠遠拋離大街。

我們回到家時，天色已經很暗，狂風挾著粒粒水珠降落大地。

我跟隨爸媽出席周老闆的喪禮。

那是陰天的日子，我們來到舊街上的殯儀館門前。原本空蕩蕩的靈堂，此刻在中央擺放了一個偌大的靈柩，棺木裡躺著的就是最近命案發生的事主——周老闆。他在碼頭的魚市場開了一家海鮮批發店，專賣晒乾的江魚仔、鹹魚、乾魷魚等魚乾貨。他搭建一個小夌籠，住在水上木屋，一大批的江魚仔和魚都放在木橋上經過長時間的日晒，再拿來賣。爸爸和他有生意上的往來，時常購買一大籃的魚製品，由小貨車運送到可可園和員工宿舍供給工人煮食。

我們一踏入靈堂，就看見周老闆的妻子和兩個年幼的孩子跪在靈柩旁邊。他的妻子面容憔悴地啜泣，孩子們露出哀傷的神色，低垂下頭。祭壇上掛有周老闆生前的照片，佈置了一些鮮花水果，以及作為祭祀的物品。白蠟燭的火光鬼魅閃動著，空氣中瀰漫一片哀慟的氣息，伴隨裊裊輕煙，給我陰森森的感覺。我雙眼不敢亂瞟向四周，緊緊跟隨爸媽，站在靈柩前敬禮祭拜，然後走到他妻子和孩子面前，她看到我們，馬上叫孩子一起向我們磕頭行禮。媽媽蹲下來，撫慰著她，她聽後，反而悲傷起來。她哀怨地向媽媽傾訴難過的情緒，霎時她又忿恨難消地埋怨她丈夫竟然慘死在不乾不淨的理髮店，一口咬定他臨死前還跑去找那些賣春的女人尋歡作樂，死了活該！她止不住謾罵，似乎想把心中的怨氣一股腦兒宣洩出來。她宛如失去理智的潑婦，聲聲咒罵著慘死的丈夫。我見狀，驚嚇得不知如何反應，傻楞楞注視她。過了一會兒，她又悽悽哀哀哭泣起來。媽媽只好安撫她的情緒。聽說，周老闆死狀悽慘，我那時在現場看了一秒就不敢再看。他幾乎要被兇手割斷脖子，聽聞的人都覺得太殘忍了。我光想像那畫面，就覺得恐怖。道士前來誦經超渡亡靈的時候，我們退出靈堂，站在廳堂外。

林瀚坐在廳堂外的椅上，抽著香菸，神情淡漠地瞅著靈堂內的情景。他這個人，已年過五十，為人亦正亦邪，除了殯葬生意，還替人撿骨看風水。人們對他的風評褒貶不一，還有人認為林瀚不是他的本名。鎮上流傳許多關於他的身世來歷的謠言。有說他從外縣市來，因在當地犯下滔天大罪，連夜奔逃到偏僻的古納鎮避難，重新偽造身分和名字，然後開了這家殯儀館；有說他年輕時隨妻子返鄉，住了一陣時日，索性待下不走。他妻子嫌他沒出息，結識一個外地人，跟著私奔。自此，他性情丕變，做起偏門生意，大撈一筆後改做殯葬生意；有說他原本是個窮小子，趁時機發了一筆戰爭財，揮霍度日，等錢財散盡，只好守著老舊的殯儀館。他飄忽的作風始終給人神祕的感覺，大家不停揣測他的來歷，從不敢私下詢問他身上的謎。

他叫著爸爸，爸爸走向他，兩人攀談起來。我和媽媽站在爸爸旁邊。林瀚和爸爸聊起周老闆的遺體送來殯儀館的情形，容貌是如何地慘白可怕，還提到兇手謀殺的動機究竟為何。我聽到兇手這詞心跳噗咚作響，眼皮彈跳一下，瞧著他。林瀚換了個坐姿，往前傾，湊近爸爸。他忽然瞥了我一眼，我倏地心驚膽顫，深怕他知曉我偷聽了他們的談話。我略撇開視線，轉頭望向道士在煙氣氤氳的靈堂裡踱步誦經的情景，裝作不受他口中話語的影響。我感覺他那雙老鼠眼緊盯著我看了一會兒，我從餘光覷見他猛吸了幾口菸，繼續纏著爸爸聊起未完的話。他像是故意放大聲量，要讓我聽見似的：「你也知道男人嘛……我可以理解……但也太巧合了吧！怎會死在那種地方，你說是不是？」他注視爸爸，又拚命吸了幾口菸，噴吐出裊裊白煙。我佇在一旁，被菸味嗆著，咳了幾聲。他睨著我，彷彿看穿了我，我覺得他可惡極了！林瀚見爸爸沒有太大反應，又往下說：「雖然你們在生意上有點交情，但你可要留意啊！」爸爸露出狐疑的神色，「這怎麼說？」「我的意思是……你也知道的，這的確對年幼的孩子不好。那家理髮店畢竟不是一般正常的店，就在舊街附近……你也知道的，孩子難以分辨嘛！可別讓她靠近那種地方……要不然會受影響……」爸爸轉身瞧了瞧我，正巧對上我的視線，我馬上低頭，隱隱對林瀚這老傢伙浮起莫名的怒氣。爸爸客氣地回應他幾句後就結束話題，牽著我走向媽媽。

在誦經歌詠的喪樂聲中，道士搖搖晃晃繞著靈柩誦經，邊搖動法鈴，邊朝著空中拋出紙錢。我們杵在那裡，觀望法事好一會兒，才默默離開殯儀館。

林瀚那番曖昧不明的話，在我腦子裡不停打轉盤旋，是種難以揮去的夢魘，纏繞我的心魂。我不能完全搞懂他話裡的確實意思，只模模糊糊察覺其中蘊含某種隱晦難解、甚至不能光明正大脫口說出的隱密之事。

我從未見過別人為死者哭泣的場面，也沒出席過喪禮。死亡是件好奇異的事，儼然是世界上無法解開的謎團。媽媽曾說我和哥哥出生的時候，她和爸爸都充滿喜悅，那是一種生的喜悅，慶祝我們來到一個全新的世界。有生就有死，那死後的世界又是怎樣的呢？那個世界容納了許多遊蕩的亡魂，人死後就會過渡到那個和生者不同的世界，抵達彼岸，就像早夭的小哥哥和祖母。我的小哥哥尚未長成一個男孩子就離開人間，過渡到死後的世界。我還未出生，失去和他相見的機會。我們家裡沒有存放一張他的照片，媽媽來不及為他照相，他就消失了蹤影，像一縷輕煙，沒有重量，他只不過是這個世界的一枚過客，悄悄前來，又悄悄離去。我要拿什麼記憶來追悼他呢？或許小哥哥是幸運的，他不必同我一樣，像個丟失影子的人，只能在小鎮四處遊蕩，鎮日惶惶不安如同幽魂般。

我在鎮上晃蕩久了，也習慣了。然而有個地方，我卻不敢去。有人謠傳，小學後門有條小路，在小路邊有幾間荒廢的廁所，夜裡曾傳出斷斷續續的嬰孩哭聲。當時，鎮上有些賣春的女人來不及墮胎，曾被人瞧見她們隆起的肚子。可是，過了九、十個月後，她們恢復了平坦的肚子，嬰孩卻不見了。人們猜測是被祕密解決掉了，甚至有人謠傳她們將初生嬰孩丟棄在廁所馬桶，然後用水沖走，活生生溺死他們。這個傳聞殘忍極了，我寧願這只是傳聞，而不是真的。那些嬰孩和早夭的小哥哥一樣，突然神祕地消失在這個世界上。我害怕經過那條鬼魅的小路，那地方成為小鎮上的一個謎。

那些消失的人，就像被一團龍捲風吹襲，咻地吹起來，飛到遙遠的地方，失去蹤影。

第四個月　路殤

我學校有條隱密的黑色小路。

小鎮開荒以後，學校也興建起來。後來曾翻新過一次，但校舍依然不可避免地走向頹敗的局面。滾紅的陽光直落落灑在白亮亮的鐵皮屋，映出赭紅色的耀眼光芒。大雨過後，挾帶雨水而來的泥土顆粒洋洋灑灑滾落屋頂上。殘破簡陋的教室，經過日晒雨淋的侵蝕，斑駁的牆壁縫隙冒出墨綠色青苔；熱帶藤蔓植物攀緣著外牆角往天幕的方向，一路蜿蜒到屋頂。

建校初期，校舍後方有處僻靜地，原是用作師生的廁所。剛搭建好梁柱骨架，卻臨時改換他處建廁所。工程完畢後，工人們似乎忘記將那幾間殘破的廁所拆卸下來，校方為了省錢省事，也選擇忽略它的存在，任其廢置。舊廁所四周長滿白花花的野芒草，在紅豔豔的日光下，露出光禿禿的磚柱骨幹，像一座聳立撐起的骨骸。久而久之，那片僻靜地縈繞著詭譎陰森的氛圍。傳說，曾有稚齡小孩掉落某間廁所洞口而死。夜裡經過那附近，會傳出孩童的哭泣聲。我和同學們對並未經過證實的事，產生莫名所以的恐懼。我們刻意避開靠近那鬼魅的地方，但它卻擁有一股強大的魔力，牽引出我們想一窺究竟的衝動。

有天，我走近那兒。

那天放學後，我隨人潮緩慢步出教室，抬起頭仰望蔚藍似大海的天空，暑熱的日光蒸散了天際的白雲，無風，顆粒狀的塵埃飄浮在凝滯的空氣中。氣溫持續沸騰，我腦袋昏沉沉，耳邊突然響起一陣淒厲的狗吠聲，我嚇了一大跳，馬上彈開。我朦朧恍惚中，不小心踩到狗尾巴。那隻毛髮髒兮兮的小狗原本趴在路邊午睡，被我驚醒後，聳起身，拖著瘸腿拐往校舍後方的小路，牠用渾濁的黑褐色眼瞳回望我，無力地搖晃剛被我踩著的尾巴，轉身繼續瘸行。我看著那可憐的小狗，不知道牠要去哪裡，我好奇地尾隨牠。

我的步伐不知不覺遠離教室和學校範圍，來到荒廢的校園盡頭。廢棄的廁所孤伶伶矗立在草叢中，陽光拂照著空蕩蕩的屋殼，彷彿有幾抹幽魂飄遊其間。那瞬間，我豎起全身寒毛，想逃離此處。倏地，那隻瘸狗朝我吠了數聲，勾回我的思緒，也穩定了我的心魂。我搜尋牠的蹤影，只見牠停駐在長長的籬笆邊。我瞧了瞧周圍的景緻。萬簇的紫色牽牛花叢纏繞在生鏽的圍籬上，破舊的鐵閘門虛掩，小狗慢慢鑽入閘門空隙，來到籬笆外頭。牠停下來看了看我，哀怨地吠了一聲，似乎在等待我，接著低頭緩慢地走向前方小路。我不由自主跟上去，使出吃奶的力氣才推開閘門一點點的縫隙，我微微喘氣，側著身子從半開的閘門溜出去。

我離開了學校的區域和嘈雜的街市，彷彿進入一個迴異的世界。我目光飄忽，搜尋引我前來的小狗。終於，我在一個女子的身邊發現了牠的蹤影。那女子是蘇瑪，她站在分岔路口，晃動的身影似乎猶豫著要走往哪條小路，她腳邊的小狗汪汪叫起來，搖晃乏力的尾巴望著她。

※　　※　　※

人們開始留意蘇瑪的存在，是源於她發瘋。

與我同年齡的孩子，見她出現在大街上，興致就來了。大夥圍擠上來，頂著熟透的紅日頭，緊跟隨她顛簸的身影，沿著零亂、鬧烘烘的大路漫走下去。他們嗤笑她遲鈍、笨拙的神態和舉止。有時，蘇瑪不慎跌跤，不喊痛，蹲下身，雙腳敞開，默默擦掉那些乾炙的沙子，傻笑著，無意中露出她泛黃的高腰內褲，他們就爆笑不止，交頭接耳。每天，他們等待她出現，然後跟在她背後，圍繞她，期待她做出滑稽的事，當作一天的樂趣。

關於她的發瘋，在口耳相傳間，聽過幾種說法。有說某個寂靜的夜晚，人們沉陷在睡夢中，長屋裡忽然傳出悽愴的哭喊，尖銳的女聲劃破長空。那天過後，她連續在夜裡就寢時間痛哭出聲，接著變本加厲，天色近黃昏時默默哭泣，甚至在屋子裡狂亂蹦跳，胡言亂語，擁有比平時強大的力氣，沒人敢親近她。大家都說她中了可怕的降頭。另一種說法是她孩子病死的事實徹底痛擊她。聽媽媽提過，她的孩子大約我這年紀，有天肚子劇烈疼痛，那孩子洗澡後，過不久開始發高燒。有人說他得了毛丹，蘇瑪馬上用雞毛浸過溫水清洗孩子的身體，取來雞蛋來回搓揉他全身。撥開蛋殼一看，全是黑色的羽毛。

情況沒有好轉，她的孩子高燒一天一夜後，身軀發黑致死。還有說她的丈夫無故失蹤的那天起，她漸漸變得神智不清，時常遊蕩在大街路和舊街，徘徊於各家商店走廊、碼頭、大樹林邊緣，想尋找丈夫的蹤影。

蘇瑪身材矮小，黝黑的膚色發亮如珍珠，深邃的五官蘊含一絲野氣。她是名卡達山族女子。她爸爸曾是我們東林店的勞工，前幾年，她還和家人住在我爸爸提供的員工長屋宿舍裡，直到她和一名菲律賓的非法外勞發生感情，在她父母的反對下，漏夜私奔到鄰近的斗湖市。她爸爸為此事忿怒，數天後在凌晨暴斃，她未回來奔喪，鎮上的人紛紛譴責她。後來再看到蘇瑪是在她媽媽的喪禮上，我剛讀小學一年級。年老的女祭司在為她媽媽的靈體吟誦、祝禱的時候，她攙她丈夫前來長屋奔喪。圍觀的人群一陣譁然，私底下議論紛紛，一度中斷了祭祀的儀式。她看起來憔悴許多，身軀乾癟得像一尾風乾的鹹魚，皮膚暗淡，失去光澤。她閃動著迷茫的眼神，蹣跚地走向她媽媽的靈柩，緩慢跪下來，輕輕啜泣，氣若游絲地細語。人們拉起耳廓，唇齒碰撞，掀起一陣騷動。她這趟回來，決定長住下來。爸媽輾轉聽說她的丈夫在斗湖市丟了工作，又欠下一屁股債務，走投無路下逃回古納鎮避難。

蘇瑪發瘋以後，變成小鎮的守護者。每天大清早，曦光灑落在坑洞處處的路上，光影忽明忽滅的時候，她恍惚出現在學校的校門前，經過我身邊，露出兩排黃牙，對我傻笑，好像認得我，似乎又不是。她頂著蓬鬆的亂髮，手裡抱著骯髒的假娃娃，嘴裡唸道：「寶寶乖，不痛喔，媽媽幫妳秀秀。」耐著性子等到放學，我飛也似地奔向大街，發現她流連在路旁、商店的五腳基，似乎沒有什麼人理睬她。她宛若孩童，睜大幼稚的眼眸，貪婪地凝視那些琳琅滿目的物品，忍不住觸碰，招來店家嫌惡的眼神，厲聲叱罵她，催趕她離開。她痴笑走開，繼續走向舊街、馬來甘榜、蔭翳的樹林區。日落前，東林店打烊了，爸媽帶我回家，蘇瑪靜默地從碼頭漫步回返，環繞完小鎮一圈。日復一日，從白晝到黑夜，她不停歇地遊走在鎮上。

起初，大人們對於她這番奇特的舉動不以為意，只當作他們茶餘飯後偶爾談論的話題。蘇瑪像是一幅流動的風景，供小孩子觀賞的餘興節目。不知從何時開始，她的身邊圍聚著一群孩子，有的比我還小，尚未讀書；有的一放了學，不顧身上穿著校服，揹著書包，馬上混跡其中。他們膚色有深有淺，有男有女，毫不在意她全身隱隱散發的腐臭味，加入這遊行隊伍，嬉鬧蘇瑪來消解苦悶無聊的孩童生活。一夥人放肆走在路上，漸漸驚動大人們。有一次，我蹲在東林店的門廊邊，雙手托起下巴，無精打采地打起盹。不遠處傳來嬉笑怒罵聲，我驚醒過來，面露狐疑，抬眼望去，那群孩子推擠著蘇瑪前進，拉扯她的衣角，把她當有趣的玩具耍弄。他們太過分了！怎麼可以欺負她？我忿怒地站起身，感到手足無措時，突然，幾位身材臃腫、肥胖的婦女奔走過來，滿臉怒容地對著自己的孩子咆哮起來。她們將孩子從蘇瑪身邊拖離，對著她嘶吼：「滾開！」有一人把她推落在地。那些孩子嚇壞了，有的大哭起來，有的低頭靜默，不敢出聲。「聽著，以後不許靠近她！」有一位婦女瞪視她那滿身髒兮兮的孩子，叱罵道：「髒死了，快回家洗澡，聽到了沒？」然後拚命拉著她孩子離去。

突如其來的騷動纏繞了路人的目光。他們湧上來，七嘴八舌交談著，有的人遠遠觀望著看好戲。我趕快跑去叫爸媽。爸爸知情後，闖進人群，媽媽把我拉到身後，不讓我靠近混亂的現場。我從縫隙偷窺，爸爸扶起跌坐路旁的蘇瑪，她傻楞楞瞅著他，不知周遭發生什麼事，歪斜著腦袋，緊攫住手中的假娃娃。爸爸輕拍她的肩膀，安撫她，斡旋於那幾位婦女間，向她們講道理、解釋，才平息這場糾紛。沒戲唱了，人群鳥獸散，舊街恢復原本漠然的景象，頃刻間，天色早已暗去。

婦女們嚴禁那群孩子追隨蘇瑪遊街後，她又孤伶伶了。我默默留意她，發現她已不如前幾年豐腴，現在的她骨瘦如柴。我懷疑她是否有吃三餐，常常見她徘徊在大街上，撿餐廳的剩餘飯菜；向路人乞討，惹來嫌棄；翻找路邊垃圾堆腐爛的殘渣糊口。我爸爸感念她父親曾是員工的情分，不忍心她這模樣，經常派我拿些飯菜給她。久了，她似乎有點認得我，每次我出現在她面前，她的嘴角就不自覺彎起來，湊著我痴痴笑。

謠言越演越烈，鋪天蓋地傳遍小鎮。那些婦女忿怒不平，向她們的丈夫咬耳朵，閒言閒語散播的速度比光速還迅猛。大人們搬出蘇瑪的過往經歷，關於她父母、丈夫和小孩的事，透過不同的人口中不斷轉述，像螫人的大黃蜂慌亂竄飛，一切都變了調。

幾天以後的下午，天氣異常炙熱，火焰般的太陽像頭暴怒的猛獸，凶狠地踐踏街道，熱風吹得粒粒沙子熨過大路，空氣渾濁難耐。街上路人稀少，幾名衣衫襤褸的乞丐徘徊在亞答屋和路邊。我在東林店悶得發慌，取得媽媽的允許後，我從舊街一路遊蕩，不消一會兒背部就汗涔涔。我不知不覺來到亞都茶餐室，裡頭的喧囂景況吸引我的目光，我冒然闖進去。茶餐室裡鬧烘烘，空氣的溫度隨著沸騰的喧譁聲掀湧上升，大人們閒來無事，有的一屁股挨坐下來，還有的倚著別人的肩膊斜站在旁，甚至有人蹲踞在梁柱邊，全圍聚於此，我閃避簇擁的人群，躡手躡腳躲坐在僻暗角落。

沒有人注意我，我隱身在暗處，睜大烏黑的眼瞳，毫無顧忌地注視他們。店裡那個又矮又瘦、長相有點猥瑣的小夥子嘴裡嚼著菸草，手中拿塊抹布，手腳俐落，迅速抹淨餐桌，搬弄油膩膩的嘴皮子，周旋於人客間，招呼他們入座、點餐，扯開沙啞的嗓門，朝廚房和茶水間嘶喊。耐不住性子的粗魯男子揮掌拍桌，嚷叫何時上菜，端菜的妙齡女子匆匆在廚房和餐桌廊上鑽進鑽出，杯盤相互碰擊，瑩亮的水光迸濺，男女人聲忽起忽落，聲光游離。我聽不清男人們在談論什麼話題，他們的聲音相互疊合，像交纏打鬥的人體，誰也不想輸了陣腳，被另一人拽下來。我勾起濃濃的好奇心，豎起雙耳，凝神掃過每一張表情靈動、興味高昂的臉孔，滔滔不絕笑鬧開來。

我的前方坐了七八名流裡流氣的莽漢。他們目光閃爍不定，不曉得懷著什麼肚臍眼詭計，壓低嗓子交談。

欸，你的意思是——你那晚看見了……

沒錯！她丈夫往那條黑色的路走去……鬼鬼祟祟的……

呿！別騙肖了！你當我毛頭小子啊！

信不信由你！

哈，話說回來，你怎麼能確定是他？

哼！有興趣了吧！

對啦，大爺您說明白點吧！小的洗耳恭聽。

這還差不多！

有人擠身過來，我聽得模模糊糊，周圍的嘈雜聲不絕於耳，我頓覺腦袋轟轟響，耳畔嚶嚶嗡嗡迴盪。短暫的閃神，使我錯過他們之間的對話，我回過神，屏氣凝視坐在我對面、帶頭敘述的男子。他眉宇間蘊含邪氣，嘴角歪斜，左下巴上芝麻大小的黑痣在他講話時不停微微抖動，顯得滑稽又礙眼。我端詳了一會兒，暗自心想，那不是林瀚嗎？

男人們顯得不耐煩，鼓噪著，滿臉狐疑望向林瀚，弓起身子往前傾。

別急，聽我說！

少賣關子，有屁快放！

我這不就講了！

林瀚歪著身子，一副吊兒郎當的模樣。我盯著他瞧，他彷彿意識到有人注視，朝我的方向瞥了一眼，我渾身不自覺起疙瘩。他微低垂頭，攬著其他人的肩膀和脖子，怪聲怪調繼續往下說，我豎起雙耳傾聽——那晚天色漸黯淡下來，這時候人煙稀少，那條路附近也不會有人經過。我當時走在樹林邊緣，忽然聽見窸窣的聲響，我馬上警覺起來，還以為會是野山豬或大蜥蜴之類的。雖然內心有點恐懼，但我又覺得好奇，就小心翼翼躲在一棵大樹後窺視。那時樹林邊緣和附近的紅泥路一片暗濛濛，我屏息瞅著，哪有什麼野獸，只是個路人剛好闖入這一帶。那人鬼祟地閃現路口，踉踉蹌蹌走在黑色小路上，朝樹林方向的前路行去。這麼晚了還有人經過此地，我心生疑惑，就多看兩眼，赫然發現那人是蘇瑪的丈夫！我怎會如此肯定？你們別忘了，他曾在市集中為了一把獵槍和我起爭執，當晚他手裡就是握著那把獵槍，更何況他那張像極老鼠的尖酸臉龐，化成灰，我也認得！我靜靜躲著，不想讓他逮著我，你們要知道，我和他可是結下梁子，如果他牢記那場爭吵，看我不對盤，突然擦槍走火什麼的，一發子彈就能將我斃命，我早已升天啦！哼，你們太瞧不起我了！我藏得可好呢！

太奇怪了！這麼晚了，他拿著把獵槍，是要幹嘛？

該不會是從山林打獵回來吧？

要是這樣的話，我可沒看到他打了什麼野豬野兔的啦！

那一定是他的狩獵技術奇差無比！

哈哈哈哈，哈哈哈哈……

弔詭的是，那晚之後，沒過幾天，傳出他失蹤啦，不久蘇瑪就變得瘋瘋癲癲了！

你講這話是什麼意思啊？說明白點！

我懷疑那晚他走那條路逃走啦！

喔……

喔什麼喔，給點反應行不行？

哎呀，為什麼要逃走啊？

鬼才知道，哈哈！

……

他們談到後來沒有理出正經的結論，嬉笑怒罵地結束蘇瑪和她丈夫的八卦。那一桌有人轉移了話題，開始聊到最近這起周老闆的命案。他們刻意壓低嗓門，臉色凝重地交談，我聽得模模糊糊，眼皮頻眨，空氣悶熱，撩得我昏昏欲睡，最後索性離開嘈鬧的茶餐室，走回東林店找媽媽，天黑前一起回家。

流言曝光後，像海浪，一波接著一波，迅速散布到鎮上人們的耳中。平時麻木的人們眼神開始變得熱烈起來，他們熱切談論蘇瑪丈夫失蹤的原因，互問對方是否曾在那天夜晚見過蘇瑪的丈夫，探聽一切可疑的線索。他們紛紛懷疑這起無故失蹤事件和周老闆的死亡是否有關聯。人們之間掀起相互猜忌和揣度的小風波。鎮上的人都知道，周老闆僱用大量的非法外勞為他做許多粗重的勞動工作。他們不分晝夜被分配在魚市場碼頭和海鮮批發店工作。為了牟利，周老闆不斷壓榨他們的工資，甚至賒欠工資不還。有一陣子還引起靜默抗議的事件，但此事沒有張揚到政府單位，也就睜一隻眼，閉一隻眼，假裝沒這回事。我耳裡充塞著大人們粗暴和巨大的歧異聲音：學校裡，從幾位師長身邊走過；貌似流氓的兩三名莽漢半蹲在臭氣熏天的垃圾堆邊，嘴裡叼著香菸，粗聲粗氣交談著；平房前閒話家常的婦女們，看顧小孩的同時，也交換著鎮上每日的八卦訊息；沒客人上門時，商家無聊地在門廊前觀望，和隔壁店家閒聊上幾句；路人漫談著穿越街道；遊走在喧騰的市集攤販之中。這些紛雜的聲響化成畫面、氣味穿梭於我的感官，在我的日常生活裡不斷繁衍成一隻可怕暴怒的猛獸，伺機襲擊我。

※　　※　　※

我溜出學校後門，踩在黑色小路上，是那隻小狗冥冥中引領我遇見了蘇瑪。我站在圍籬外，筆直且遠長的小路往前方綿延開展，兩旁蔓生繁茂的矮樹叢，枝葉和根芽的芳香氣味直竄入鼻子。我望向矮樹叢的盡頭，蘇瑪佝僂著身子站在分岔路口，腳邊的狗兒倏然吠起來，像是催促她前行，她嚇了一大跳。我好奇她竟出現在這隱密的林間，難道她每天環繞小鎮的路線也包括這裡嗎？我疑惑不解，邁開輕緩的步履，跟上去，不讓她發現我。媽媽曾說，這幽祕的黑色小路是條人工路，戰後的發展商為了方便伐木工作和開發種植園區，將原本的小溪填平，墾出這蜿蜒漫長的路徑，直通向大樹林深處。黑褐色的泥土散發著濃濁的腐爛物晒乾後的氣味。路面上坑坑窪窪、凹陷不平，隆起的小黑蟻丘向四面八方蔓延，暴烈的陽光下，蟻群黑壓壓一片，摻雜在黑土裡。我感覺雙腳麻麻的，手抹去一看，是噬血肉的黑螞蟻，我不停擺手揮落，跺腳踩葉，想甩開牠們。而且，似乎有什麼東西在我的腳踝處輕輕蠕動，我俯身探看，嚇呆了！那……不是螞蝗嗎？臃肥的環肚黏吸著腳踝，爸爸曾在大森林裡被這類可怕的螞蝗吮吸手臂的血，那時他還翻閱熱帶雨林的昆蟲圖鑑，指著牠給我看！我驚慌得下意識撿起土壤上的枯葉，死命用枯葉撥除腳上的螞蝗，再將牠往遠處扔擲。我摸索腳踝，幸好還沒被吸噬，沒留下傷口，我鬆了一口氣，不想一個人留在原地，只好迅速跑上前，追隨蘇瑪。

我懷疑那晚他走那條路逃走啦！

我懷疑那晚他走那條路逃走啦！

我懷疑那晚他走那條路逃走啦！

我耳裡不斷響起林瀚的聲音，他的話都是真的嗎？我對蘇瑪的丈夫印象模糊，甚至記不清他的長相。我還在恍惚時，蘇瑪已拐往右邊的小路，那隻小狗始終一路瘸行，搖晃著毛髮稀疏的可憐尾巴尾隨在後。我追隨上去，想瞧瞧前方有什麼風景。

遍地的油棕園和可可園開展在我眼前，我像是個誤闖入惡魔園的小精靈，不假思索地鑽進園裡。蘇瑪顛簸搖晃地行走在前方寬大的路面上，我任意蹓躂，小路變得越來越寬闊，泥土的顏色也轉變成黃褐色。油棕園的路面迤邐、曲折，像一條匍匐前進的大蟒蛇，牠的表面傷痕纍纍，布滿人們踐踏而過的鞋印痕跡；卡車或四輪驅動車輾壓過去的輪子刮痕；油棕籽噗咚墜地的碰擊。我沿著棵棵飽實的油棕樹前行，彷彿踩踏在蟒蛇碩大的背脊上，稍不留神，蛇背脊可能忽然顫顫巍巍蠕動起來。零星散布的油棕樹上綴滿豔紅簇簇的油棕籽，彷如噗咚跳躍的血紅心臟。碩大無朋的大樹葉奮力撐開，盤踞整個炙熱的天空，耀眼的陽光從枝葉的縫隙透射下來，灑落在路面。我聽見轟隆隆的聲響由遠而近傳來，一輛接連一輛卡車和大貨車從遠處的大路馳騁過來，黃濁的塵沙在空氣中翻滾飛揚。我抬眼望去，貨車上載滿色澤紅彤彤的油棕籽，予我一種刺目的感覺，我幾乎以為火滾滾的太陽冒出粒粒腫瘤墜落塵土，懷有邪念的人們趁勢綁架，企圖將它們偷渡到邪惡的國度賺錢牟利，直到黑暗降臨。大貨車橫衝直撞地朝我的方向駛來，一隻蠻橫有力的手臂狠狠將我拽過路旁，粗聲叱喝：「妳活膩了啊！」我重心不穩馬上跌坐在地。貨車掠過眼前的瞬間，司機咆哮著：「找死啊，他媽的走路不長眼！」然後呼嘯而過，揚起漫天沙塵。我瞅著慢慢消失在視線裡的貨車，飄散在空氣中的塵埃嗆到口鼻，不能抑制地咳起來。我發楞好一會兒，才回神，望著解救我的那隻手臂的主人，是個膚色黝黑、身材精瘦的馬來工人。他穿著骯髒的白背心和黑褲，另一隻手拿著採擷油棕籽的長型器具，似乎剛正投入工作的樣子，「快走開！這不是妳可以進來的地方！」我知道自己闖了禍，連聲向他致歉。我趕緊拍拍屁股上的泥沙草屑，挨著疼爬起來，蘇瑪的身影已在前頭。坐在樹蔭下歇息的幾位外勞和印度工人緊盯視我，對我上下打量一番，不知心底藏有什麼詭計，我莫名害怕起來，心跳聲噗咚噗咚響，拚命跑向前方的路。

不知奔跑了多久時間，我的雙腿隱約感到一絲痠麻。直到我停下腳步，才發現油棕園早已遠遠拋離在後。我繼續沿稀疏的橡膠樹邊緣走，穿越一條小徑，來到可可園。每座可可園看起來都一樣，我曾跟隨爸媽進入可可園，果實纍纍的可可樹有股熟悉的感覺，我的心暫時安穩下來，冒險犯難的精神又一點一滴回來。踩在濕潤的軟黏土上，步伐比之前沉重了些。我眺望這片廣袤的土地，穩實的可可樹星羅棋布，寬闊的葉片自由伸展，枝幹簇生出白色小花，暗綠或黃澄色的橢圓狀果實從不同的樹上冒生出來，並朝泥土方向滋長。烏漆麻黑的蚊蠅在枝葉間飛舞，糾纏我身，鬼魅般如影隨形，叮咬我大腿和手臂，我覺得奇癢無比，不時抓癢，叮咬部位迅速紅腫起來。我抖抖身，跺跺腳，撥開碩大的葉片，走向前，看見了聳立在林樹中臨時搭建的開放式小木屋。

濃濁的腐木味、乾澀的可可味、草葉醇香的氣味瀰漫在空中。我搔搔發癢的鼻頭，抬頭望了望灰濛濛的天空，日光漸淡，可可樹映出深長疊合的暗影，投射在泥地、小木屋、工人們的臉龐和晃動的身體上。我恍然驚覺我的影子已徹底離開我，究竟要如何找回它呢？影子沒有留下任何線索，這使我倍感困擾和焦慮，我不知道如果繼續找不著它，身體會發生什麼變化，思及此，我的眼神暗淡下來，開始感到苦惱。

工人們躲在簡陋、骯髒的小木屋休息，暗影覆在他們身上，原本黝黑的皮膚顯得更黯淡無光。他們全副裝備，穿著沾有黏稠可汗漬的長袖衣褲，腳蹬塑膠雨鞋，將身體包裹得密密實實。他們神情疲累，臉龐浮現的兩團黑眼圈是長期勞動下的標誌，臉頰凹陷、輪廓瘦削、手臂和大腿的青筋浮凸，他們看起來比實際年齡蒼老。他們粗魯地歪坐著，有些盤起雙腿，或蹺起二郎腿抵著桌子，圍聚著高談闊論，偶爾飆出幾句髒話，工人之間在談論著他們的老闆。忽然有人掀開罵戰，怒聲嚷叫：「他媽的，現在是要喝西北風嗎？」有人忿恨不平：「他大爺欠我們工資，平時待我們像豬狗不如，現在可好了！搞不好連我們的老本也吞了，才會說什麼沒錢付工資的狗屁話！要不是我家裡有老少等著開飯，老子我早就不幹了！要我們再多等幾個月，我就要等著看他何時發薪水！我家那婆娘纏人的模樣，我可吃不完兜著走！」另一人插嘴：「大不了另尋出路！」某個中年男子斜睨著身旁的年輕小夥子，拍了拍他肩膀，語重心長地開口：「小老弟，講得挺簡單，你家沒有妻小，打光棍，落得輕鬆啊！」人群中有人出來打圓場：「工頭會解決這事的！我們再等等看吧！」其他人附和：「只好這樣了！真是觸霉頭！」他們有的面露兇光，有的滿臉凝重，每個人臉上表情各異。我難以理解大人的情緒，他們總是喜怒無常，往往有什麼不盡如人意的時刻，就把胸口積累的怒氣發洩在小孩身上，原本待你和顏悅色，下一刻變得蠻橫無理，有時他們比我們還像一群未開化的野孩子，這也是我不願真正靠近他們的原因。我默默遠離小木屋和那群男人，繼續我未完的行路，雖然我壓根兒不知要前往哪裡，才能親臨更美好的風景，或找到回家的路。

時近傍晚，橘紅色的彩霞暈染天穹，柔和的暉光傾洩在疊疊相連的可可葉片上。我惦記媽媽，東林店就要打烊了，如果她知道我還沒回家，一定急壞。我慘澹想起晌午一時貪玩，為了追蹤蘇瑪才潛入這荒地林野。或許她認得路，可以帶我走出這片樹林，可現在她和那隻野狗都不見了蹤影。

倏地，我隱約聽見細碎模糊的拉扯爭執聲。我探頭搜尋聲源，可可樹環繞的前方有一塊小空地，嘈雜聲似乎是從那兒傳來的。我慢慢趨近，躲在一棵大樹幹後面偷窺。大樹葉遮蔽部分視野，我找了個適當的角度，在零碎的畫面裡，瞧見有個男子被一名披頭散髮的女子攫住手臂猛力搖晃，另兩位男子坐在藍色的塑膠矮凳上，出聲制止那女子的莽撞行徑。空地上堆滿黃澄澄熟透的可可果實，他們同樣穿著長袖衣褲和塑膠雨鞋，戴著厚手套，握緊巴冷刀，剖開可可的核心，從內裡挖掘粒粒瑩白、黏稠的可可籽，擲向旁邊的桶子。陷入癲狂狀態的女子突然高聲尖叫起來，原本被她箝制的男子瀕臨暴怒邊緣，發狠把她推落在地。「妳這瘋子，別來這撒野！」女子從泥地爬起來，抬起臉，神情迷濛地注視那男子，彷彿不能置信他不是自己的丈夫。我看清她的面容，蘇瑪！我震驚不已，難道她到處在找她丈夫？我不由自主衝上前，仰望他壯碩的身影，還有那張略微可怕的面容，顫抖說：「我……我認識她！」我侷促不安地站在蘇瑪旁邊，垂下頭不敢看他。兩位男子中有一人見形勢不妙，放下手邊的工作，對那男子竊竊私語，撂下句話：「別鬧事了，打發她走吧！」坐著的另一人也在旁勸和。那壯碩的男子往泥地吐了口水，才不發一語地坐回矮凳，繼續做事。

「快帶她走吧！」其中一名男子說。

這時，那隻可憐的野狗不知從何處的可可樹叢竄出來，來到我腳邊，輕輕哀叫一聲，用牠的利爪耙梳鬆軟又濕潤的泥土。我猛然回過神，胡亂應聲，慌張失措地拉著蘇瑪離開。

我們在樹林裡漫無目的遊走好一陣子。直到我心臟跳動的頻率舒緩下來，從先前與大人僵持的狀況恢復鎮靜後，我們才停止紊亂的腳步。蘇瑪魂不守舍站立在旁，她沉溺在自己的世界尚未回魂。她丟失接收訊號的天線，我問她如何走出樹林，她充耳未聞，不斷詢問我她的丈夫呢？他去哪裡？試過幾次失敗後，我放棄和她溝通，決定自己尋找出路。

我發現我們身處在幽暗的樹林裡。這兒空氣悶熱、凝滯，燥熱的風被擋蔽在林外，腳下踩著散置滿林的落葉，摻著泥土，攪和成遍地腐敗濃濁的氣味。很快地身上就感到黏答答的，衣裳沁出微微的酸臭味，像掉進潮濕的沼澤地帶般，感覺怪不好受的，我深吸口氣，默默告訴自己再忍耐些。大樹和植物種類繁多且奇詭萬千。我曾經從學校課本和熱帶植物圖鑑上看過一些植株的圖片，我這會兒置身其中，泛起熟悉及奇妙的感覺。我仰望天際，森林最上層皆是高聳入雲霄的樹幹枝椏，常綠的闊葉織成濃密的天幕。這些樹種不容易辨別，羯布羅香屬是林中最常見的樹種之一，憑其高碩的樹身就足以奪取叢林裡大部分的陽光。當我仍沉浸在巨木林樹環繞的氛圍時，突然，密林樹冠上發出窸窣窣的聲響，彷彿枝葉群起奏出自然的交響曲，可仔細聆聽，卻覺得不像是風掀動樹木的婆娑聲響。倏地，一隻馬來顯猴竟攀在高聳的樹幹上，牠抖擻著身軀，在我的驚呼聲中，迅猛地縱身一躍，張開似豐鳥翅膀的特殊翼膜，朝其他繁茂蓊鬱的大樹攀去。牠這麼躍起，驚動了隱身在密林深處的猴群，轉瞬間，幾抹銀灰色身影在暗闃的林中忽隱忽現。啊！是銀葉猴！濃密的銀灰色毛髮下藏著矯捷的身軀，露出形似三角的灰黑猴臉，骨碌骨碌轉動的眼珠兒靈動得很呢。牠頭頂上一撮尖刺般的毛髮時髦極了，魅惑我眼眸。下一秒，前方蔥翠的樹冠上，倏忽爆出聲響，好幾隻棕色毛的長鼻猴，在碩高的林子頂層跳躍嬉戲或覓食，像馬戲團裡的空中飛人，在樹頂滑躍，從這一端滑翔般躍向另一端，看似輕鬆俐落的身手使牠們的身影毫不費力地就能穿梭在樹叢間。稀落卻耀目的陽光從近乎蔭密的葉梢間，悄悄灑落，輕輕照耀在牠們長而大的鼻子上，富喜感的白色屁股、渾圓的啤酒大肚子，在牠們靈巧迅捷的肢體晃動中，突顯出一幅滑稽有趣的畫面。我睜著雙眼，緊緊瞅視牠們的一舉一動，深怕一眨眼牠們就會消失不見。我恍惚想起，自己曾親眼見過毛髮燦亮華豔的紅毛猩猩。記得那時，我追隨爸媽，前往卡達山杜順族的長屋，參與他們的豐收祭。祭典結束後，我們還在附近蹓躂遊蕩，由族人帶領探入附近蒼蒼鬱鬱的樹林區，依憑領路人熟稔的叢林生存技能，我們得以闖進叢林裡安全的路徑，幸運地，還讓我們見著了林野中的紅毛猩猩。那隻懸盪在粗壯的樹幹枝椏間的紅毛猩猩，在林樹中隱現牠櫻紅色的毛髮，見著生人，頃刻之間，盪過另一棵巨樹，逃遁得無影無蹤。牠的體積龐大，手臂粗長、雙腿矮短。領路人說牠性喜獨居，總是不停吃著果子和昆蟲，不常在林地活動，喜歡攀附樹上或在樹間滑盪。我把牠的模樣深深烙印在我腦際裡。猩紅褐的粗長毛髮在陽光下熠熠生輝，似黃昏時分的天空，在橘紅的霞光潑灑下，遍染成燦亮且紅彤彤的彩光。莫名地，我漸漸不覺害怕，細細究想，自己在這個荒僻野俗的小鎮和林地生活久了，這片林樹大地就宛如我的動植物樂園，向我展現不可思議的夢幻場景，開闊了我內在的想像和視野，許多野生動物奔騰躍動的畫面：蘇門答臘犀牛、婆羅洲矮象、稀有的銀色樹懶、馬來麝貓、馬來獾、巨松鼠、紅葉猴、短尾猴、長尾猴、飛天狐猴，甚至成群結隊的白猴等，紛紛閃現在我腦海中……

我晃晃腦袋瓜，在光線微弱、樹叢簇簇圍繞下，惚惚瞟見旁邊一棵龍腦香科的大樹，眯眼瞧去，有隻巴掌大的三角大兜蟲霸據領地，旁若無人地吸食著樹汁。牠黝黑發亮的蟲軀巍巍伏踞著樹幹，頭頂著三副狹長的犄角，昂揚起威武桀驁的英姿，像極了戰士。我探究了頃刻，新奇感稍減時，又轉移了目標，不經意瞥見一些躲在大樹蔭下滋長的幼樹和寄生植物，有幾棵大樹分外獨特，樹枝和樹幹上纏繞著許多蔓藤和攀緣的卷鬚植物。我興味撩起，細細瞅望，又覷著半晌，噗哧噗哧發笑起來，哈！只見有隻葉修竹節蟲展現神奇玄妙的偽裝術，全身披戴著長滿棘刺的綠裳，水滴形的軀殼，扁平的四肢，不規則呈弧線的身軀外緣和樹葉一模一樣，難怪逼真活現，我還差點兒被牠瞞騙了！我禁不住嗤笑出聲，牠活脫脫化身成隨風飄搖的樹葉，起勁地本能地微微搖晃，成為了樹的一部分。我憶起哥哥和我分享過一次校外雨林教學的活動，他就曾在大樹林裡看見能擬真成苔蘚、地衣枯枝、爛樹葉的竹節蟲，甚至還可化成長滿尖刺的藤枝。還不僅如此呢，螽斯、蝗蟲也善於模仿成各種形態的樹葉，好比枯葉、嫩葉、黃葉或剝落的葉子。當時，哥哥興致勃勃地發表觀察心得，他親眼瞅見一隻螽斯倏地將身軀壓變成扁平狀，撲動翅膀攤成整片樹葉般，掛踞在樹上，一動也不動，風盪起時，簌簌飄落到樹下的枯葉堆裡，身體迅速盤蜷縮成長條狀模樣，隱沒在泥葉中，杳無蹤跡。這些幻象般的敘述每每讓我嘖嘖稱奇、無比驚嘆！

　　有些小型的棕櫚樹和小樹苗，甚至遍布的蘭花、苔蘚、蕨類、地衣植被，或是真菌這類植物，不需要陽光也能在枯枝敗葉之間茁長，掙扎著求生存。我循著植株花卉，越走越遠，越行越暗，眼眉不眨不蹙，毫不察覺任何可能的危顫，屏氣凝神，在一處略陰暗潮濕的凹地，乍見螢光盈盈的蕈類，是成片的螢光蕈啊！在昏黯的樹叢中竟宛如點點星火般輕輕閃動、晃蕩。爸爸曾深入陰暗潮濕的森林，在他述說的各種繁茂的植物中，就提過這種能在漆黑的深夜兀自散發螢青色亮光的菌蕈呢！現在，可讓我瞧見了呀！他還提起一種叫「女兒紗」的真菌。它非常特殊，在莖上披了精美的網狀裙，就像一位披上雪白婚紗禮服的美麗新娘。這女兒紗沒有少女的芬芳，卻散發出一種惡臭鑽鼻的氣味吸引昆蟲前來；或有一種真菌像極冬天飄落無葉的小樹，長出許多白色或猩紅色宛如仙女棒的枝椏。如果沒仔細察看，會誤以為海底的珊瑚怎麼溜到樹林地面上了呢！成千上萬種的動植物共同形成一個錯綜複雜的生命網，這裡有我難以想像且豐富的生物形式和狀態，它們息息相關，相互起作用和變化。我走在迷宮般的林間，呼吸著繁多獨特的氣味，感到自身的渺小，默默驚嘆自然的神奇魅力。

沒有日光照射，高大的樹幹和闊葉環繞，天空灰濛濛，恐怕要下雨了，我莫名焦灼，擔心無法在天黑前走出這座密林。遠處傳來忽停忽響的斧劈和電鑽聲，斷斷續續響起樹咿啊倒下前的掙扎哀號，巨大的轟隆聲震動樹林地表。我壓低身體，摀住耳朵。蘇瑪嚇壞了，抱頭呼喊、尖叫，像神明附身的乩童狂亂蹦跳，狗兒在她腳邊繞圈子狂吠。我頓失方寸，拚命安撫她的情緒，好一會兒她才終於鎮定下來。

我年紀更小時，神采飛揚的爸爸穿梭在叢林之中，滔滔不絕敘述那片龐大蓊鬱的大地寶藏。傳聞，在那片濃蔭密林裡，纏纏繞繞的葡萄藤蔓上滋長出世上巨碩的大王花。幾瓣豔紅似血的大花瓣上綴飾著奇異的乳白色斑點，異於一般花朵的大王花，不知為何竟散發出濃濁的腐敗惡臭味，可輕易魅惑蚊蠅撲撲振翅前來。大王花似妖嬈的火焰，於幽暗、冷森森的林間兀自綻放，大王花綻放的時辰飄忽不定，更增添幾許神祕和詭譎的氣息。聽著這些傳聞的我，心底緩慢滋長往叢林尋幽探祕的想望，那片神祕無邊的叢林大地，似乎常出現在我的夢寐中，頻頻召喚我。然而，隨著我越深入地藏的胸口，爸爸嘴裡描述的雨林神話卻日漸萎縮成一個遠逝的大夢。這個地區慢慢改變它原本的面貌，一棵棵樹木不是等待消失就是緩慢枯萎。我不禁悲從中來，爸爸曾訴說的一切美好都是胡謅嗎？我們走過一片林中空地，那裡看起來更像一座大型垃圾場，鎮上的人將日常生活的殘餘和廢棄物丟擲在此，可回收或不可回收的垃圾如大雜燴全攪和在一塊兒。我隨手撿起生鏽的可樂鋁罐、骯髒殘破的玩偶或洋娃娃、玻璃彈珠，我睜大雙眼，驚奇地尋獲一些古老的玩具。蘇瑪也興奮起來，從垃圾堆搜刮稀奇古怪的玩意兒。小狗扒糞般拚命挖耙，忽然鑽入惡臭的垃圾堆裡，又匆匆冒出身影，嘴巴緊咬著一根骨頭，一群蒼蠅在它們的上空飛舞。部分的垃圾已燒成灰燼，遺留難以揮散的濃濁氣味。整個林區瀰漫迷濛的煙霧。

時間慢慢流逝，我的肚子咕嚕叫嚷，另一聲咕嚕不約而同響起來，我轉頭看向蘇瑪，她一臉傻笑，我們相視而笑。我感到又餓又累，雙腿痠痛，腳底板起了水泡，步伐變得緩慢。我們坐在樹蔭下休息一會兒才繼續上路。前方的路途險惡且漫漫無邊。蘇瑪卻沉靜多了，她只是淡淡微笑，沒有流露其他表情，彷彿一切再自然不過。我緩緩想起這大片林野和路程都是她熟悉的啊，她習慣遊走在小鎮的街路和大森林。這麼想，我也安心了。

我們來到一處林葉濃鬱、稠濕的地方。夭折的大樹砰然倒地，我們只覷看到殘缺不全的斷枝幹、繁密的樹葉遍布散落。斧劈和電鑽聲不絕於耳，我感到耳膜轟轟作響，有人朝我耳朵深處祕密打地基。我們打算繞路避開伐木現場，有位伐木工人攬著電鋸經過，目光驚訝看著我們：「妳們怎麼出現在這？」我還來不及回應，他瞥我一眼，又逕自說下去：「小妹妹，還不快走，這裡太危險了，不是妳該來的地方！」他扯開嗓子，流露責備和煩躁的神情。我有點害怕，連連點頭，匆匆牽起蘇瑪迅速奔離。身後樹木接連倒地的聲響迴盪耳際，我大難臨頭似的倉促逃離那令人膽戰心驚的地方。

我後悔追蹤蘇瑪到此處，開始想念媽媽，她可能在家心急如焚擔憂我的安危，或氣急敗壞，見到我少不了飽以老拳。現在一切無法挽回，我的任性讓我吃足苦頭，我應該乖巧聽從媽媽的話，不隨意亂跑。蘇瑪似乎不明白我此刻難受的心情，她摸摸我的頭，往前走，又停下來回望我，等著我追上她的步履，她要帶我走向何處呢？我摸不著頭緒，沒有答案，她心底或許也沒有一個目的地吧！

不知走了多遠，眼看天色漸暗，彩霞消融在天空，烏雲沉甸甸像低迷的大氣壓罩著我們，遠處雷聲隆隆響徹雲霄，我們抵達路的盡頭。仔細瞧，赫然察覺修築的工程硬生生斬斷了樹林的前路。一群工人圍聚在路邊幹活兒。有人坐在尨然怪物般的機器上，操作機身和它的怪手，不停往大坑洞挖土，又往別處拋擲填土。其他工人穿著相同的土黃色制服，在大熱天下工作一整天，全身早已汗流浹背。他們不違抗，遵從工頭的指示，揮舞手中的工具，規律開鑿路面，猛擊路神的胸口，治療傷痕纍纍的大路。我彷彿聽見祂驚天動地的哭喊聲。有位衣著和他們不一樣的人，我猜想是他們的工頭。他手裡沒有拿取任何尖銳的修補工具，嗓門卻比其他人大，頤指氣使地咆哮：「快，動作快，別慢吞吞！快下雨了，拖累我被老闆罵，你們也遭殃！」他徘徊在路邊，喋喋不休，那些工人唯唯諾諾應聲，繼續揮動器具，修補路上的坑洞。他們長久的勞動，儼然成為按照指令辦事的機器人，與日日相伴的大怪物機器融為一體。日光緩慢游移，沒有遮覆的地帶形成深黑的陰影，掩上工人們的身體，他們的面目看起來模糊虛假。

「鎮上的路永遠修不好。」媽媽的這句話在我腦海迴旋。

「小妹妹，誰允許妳在這的？」我抬頭看向聲音的來源，是那個霸氣十足的工頭，他發現我的蹤影，湊近我身旁，斜睨著我。

「我……我迷路了。」我的音量細如蚊蚋。

「迷路？」他滿臉狐疑，繼續睨視我，似乎不太置信我說的話。

我點頭如搗蒜。

「這裡很危險，不是玩耍的地方。」他一臉思忖。

我繼續點頭如搗蒜。

「妳往右邊直走，走向大路，就能找到回家的路。」他伸出手朝著某處，我循著他的視線和手指的方向直視，前方是廣闊荒涼的大路。

我向他道謝後，環視周圍搜尋蘇瑪的身影。那可憐的野狗仍跟隨我，有氣無力地朝我哀吠一聲，看起來又餓又累，快走不動了。人呢？我在附近徘徊一陣子都找不到她。工頭皺眉注視我，露出疑惑的表情，似乎不解我為何還不離開。埋首做事的工人們也不時偷瞄我。他們目光灼熱，我感到侷促不安，渾身不自在，於是最後，我放棄繼續尋找她，懷著莫名的愧疚感，默默邁向大路。

我回到家時，天色已完完全全暗下來。

大雨傾盆而降。

第五個月　有蛇出沒

警察抓走了爸爸。

媽媽說，我們非救爸爸不可，我點點頭，在心中默默許諾，這是一個拯救遊戲，我必須靠自己的力量救出爸爸。可是，就在他出事之前，發生了一件奇異的事。

三天前，有條胖乎乎、髒兮兮的眼鏡蛇，神祕地闖入我家窗外的草叢。那些小孩早我一步發現牠。這事著實奇怪，平日，我的感官機敏如精靈，這會兒全失效了。牠沒來由出現，行跡神出鬼沒、詭譎怪異。牠盤踡在駁雜抽長的叢地中，無人知曉牠從何處來，又逗留多久了。我詫異，難不成牠破土冒出，或宛若幽魂，飄忽浮現？

我記得是午後，陽光仍炙熱。這鬼天氣溜出門，媽媽會劈頭拋下一句：「小舞，妳想被烤成熱呼呼的乳豬嗎？」媽媽明知道我最討厭變成乳豬，故意嗤笑我總想溜出門遊蕩的癖好。天氣太熱了，放學後，我不再遊蕩，馬上跑回家。吃飽飯，小腦袋昏沉沉，我索性睡午覺。我做著零碎的夢，陷在黏糊糊的迷濛狀態，脊背汗漬漬，身體黏答答，恍惚間，我熱醒過來，就睡不著了。可我感到睡了場漫長的覺，一直做夢，只覺疲累。蒼蠅停在紗窗和蚊帳上嗡嗡作響，拚命振動薄翼。我掀開蚊帳，露出頭，躍起身，空氣熱烘烘，吹來的微風也是熱的。我受不了，走出房間，屋子裡也熱騰騰，像烘爐上的蒸氣。我尋找媽媽，到處都找遍，仍不見她蹤影。她會去哪呢？只不過在屋內走動一會兒，汗液滑落額際，滾到下頷、脖子，沾濕領口，我擦拭汗水，溫熱的汗液轉為冰涼，緩慢淌下背脊。我覺得不舒服，有股悶氣抵在喉嚨，口乾舌燥。我到廚房連灌下兩大杯水，走到客廳，打開櫃子，搜出濃厚東方氣息的圓形紙扇。扇子上描繪著色彩豐麗的山水或仙女圖，我對這類扇子愛不釋手，在鎮上的市集買的。我拚命搧著風，似乎越搧越熱。我繼續擦著汗，最後難以忍受體內滾滾熱氣，扔下扇子，乾脆躲進浴室，洗個冷水澡。

洗完澡，涼快許多。我走到客廳的窗口前，下巴抵著交疊的雙手倚窗，溜著骨碌碌的眼珠張望。屋外空地上有工人的小孩在玩耍，他們蹦蹦跳跳，身手靈巧地踢著毽子，白色羽毛的毽子像雪白的蒲公英籽，在空中飛舞。有人的毽子踢得越高，其他的小孩見狀興奮歡呼起來，踢得更起勁了。我雙眼眨也不眨，緊盯著騰飛又降落的毽子。工人們忙碌晃動的身影掩映在箱型烘爐蒸騰的濃煙霧氣間。他們的臉孔相似，除了我比較熟知的工頭阿曼，我幾乎難以辨識誰是誰。阿曼恰巧從後方可可園獨行而來，經過屋子前，見我馬上露齒打起招呼：「小姐，今天過得好嗎？」我操著不太流利的馬來話，回應他：「天氣太熱了！」同時我還比出搧風的手勢，「你有看到我媽媽嗎？」他對我的反應報以微笑，露出更深的笑紋，「妳找老闆娘喔？她好像去了花園。」我向他道謝後，他繼續走往右邊的烘爐廠。

忽然，空地上的那群小孩響起驚懼的呼喊聲，鳥獸散似的奔逃，毽子紛紛從半空中墜落。我嚇了一跳，搞不清楚發生什麼事，讓他們如此驚惶失措。他們的求救驚動烘爐廠裡的大人。那些大人停下手邊的工作，朝空地觀望，我瞧見他們皺起眉頭，與我一樣疑惑不解，有幾個大人迅速奔走過來，其中一個大人攫住投向懷抱的孩子，探詢事端。那孩子驚嚇得講不出話，拚命顫抖，站在旁邊的高個子男孩倏地大聲嚷叫：「有眼鏡蛇！」「在哪裡？」那個大人看向高個子男孩，急著問。「在草叢裡！」高個子男孩指著空地旁的雜草叢，我順著他指的方向望去，果然看見一條凶猛靈動的大眼鏡蛇。牠豎起粗壯的軀幹，暗褐色的斑狀蛇紋，身上有一些細小的灰白色環紋纏繞著頭頸部位，頸背部的白色環紋明顯，像眼鏡狀，粗大的環狀身軀蜷縮起來，在草叢間爬行時呈S字形。我不自覺感到恐懼，一波波冰涼的感覺在手掌和腳底板竄流，胃陣陣抽搐、絞動著。可是，牠卻又有股莫名的神祕感，牽引我瞟視牠的一舉一動。

阿曼從煙霧瀰漫的烘爐廠竄出身影，叱喝出聲：「別靠近草叢，蛇有毒，快帶走小孩！」他行動迅捷地拿出長形鐵鑷子，兩名身材壯碩、膽大的工人跟上阿曼的步伐，手執木棍和鎚子，三人一路搖晃地湊近蠢動的草叢間。直到趨向草叢間，阿曼站在前方，伸出雙手擋在左右邊，阻止那兩名工人莽撞前進。他們研究好眼前的形勢後，才慢慢逼近那條眼鏡蛇。我伸長脖子，想看得更清楚，從他們晃動的身影，我隱約瞥見眼鏡蛇在雜草間穿梭。突然，牠昂起上半部身軀，頸脖擴張呈扁平狀，上半身和頭顱微微前傾，頻頻吐信，使我起雞皮疙瘩。他們往後退一點，又伺機上前，阿曼鎖定目標後，迅雷不及掩耳地舉起鑷子攫住牠的頭部，呼喊他的同伴快行動，那兩名工人馬上湧上來，一人持木棍抵著蛇身，另一人將鎚子準確朝牠頭部的眉心中央狠狠釘下去，瞬間，鮮血噴灑飛濺在雜草和他們的衣服上。啊，我大叫出聲，所有圍觀的人也禁不住喊叫起來。阿曼攫起氣若游絲的大蛇，甩在空地上，喚其他工人找來大麻袋，把牠扔進麻袋中，綁緊，再帶去林子裡拋擲。男人們見沒事了，又回到烘爐廠繼續幹活，小孩們被他們的媽媽斥罵著拽回屋裡。幾位婦人拎著塑膠水桶，用力一揮，將水潑往空地上的血灘，其他婦人舉起拖把朝那汙漬地面拚命洗刷。濕漉漉的空地在豔陽照耀下迅速晒乾，恢復空蕩蕩的地面。

直到傍晚，媽媽才出現人影。她看上去有點疲倦，臉龐和衣服上沾著乾澀骯髒的泥土屑，向我透露她整個午後都待在花園裡，著手播種栽植，但栽種的工作進展緩慢。我告訴她下午工人打蛇的事件，她聽了後，囑咐我要多注意安全，沒事不要隨意亂跑動。說不上幾句話，媽媽就沒再搭話，到廚房準備晚飯。

我和媽媽等不到爸爸回來，先吃過了晚飯。一整晚，我們坐在客廳裡發呆，等候爸爸。媽媽點燃蠟燭，照亮昏暗的客廳。燭光搖曳不定，照著她乾裂的嘴唇，一張臉泛著黃光。她在屋子裡來回踱步，她的影子妖媚地映照在牆壁上。我看著牆上飄移的影子，發現其中沒有我的影子，我不能用雙手變化出各種動物的影子了。這個影子遊戲是哥哥教我玩的。幾個月前，他放假在家時，有天，我們也是像現在這樣的夜，等待爸媽回來。當時，我忽覺無聊，央求他陪我玩遊戲，他靈機一動，湊近牆，擺出不同的手勢，投映在牆面上，幻化出栩栩如生的影像。我看得既歡欣又興奮，努力將那些手勢學上手。現在，我無法再玩這遊戲了，我感傷地覺得，哥哥好像離我遠了些。

到了深夜，爸爸喝得醉醺醺回來。

他似乎喝了好多酒，臉頰緋紅通到脖子，搖搖晃晃走進來。他顛簸地晃到我面前，叫喚我，摸我的頭。忽然，他伸手抱緊我，全身的重量壓在我瘦小的身體上。我幾乎喘不過氣，拚命喊爸爸。他抬頭看我一下，不斷點頭，開始胡言亂語。

媽媽用盡力氣分開我和爸爸，把他推落地上。他悶聲喊疼，然後變得安靜多了。我們合力將他拖往床上。媽媽拿來溫熱的毛巾，擦拭他的臉和身體，叫我去拿面盆，防止爸爸嘔吐。她邊照顧爸爸，邊罵著他。

爸爸攤在床上，嘴唇抖著，喃喃自語，雙手往一團空氣揮舞。媽媽將他的手壓下來，氣壞了。爸爸平靜下來，睡著了，揪緊的眉心也鬆開了。她鬆了口氣，拿起毛巾和面盆到廚房，要我好好看著爸爸。我坐在床沿，看他嘴角彎著，好像做了個美夢呢。我從未仔細瞧爸爸的面容，他平常看起來有點嚴肅，讓我不太敢靠近他，對我來說有點陌生。我長得不太像爸爸，我的模樣遺傳自媽媽。其實爸爸的五官挺立體的，濃眉、高挺的鼻梁，哥哥可能神似他年輕時候的樣子喔。蚊蠅在昏暗的房間飛來飛去，討厭死了！空氣中瀰漫淡淡的腐臭味，以及爸爸身上散發的汗酸味和酒氣，全融在晚風裡。媽媽忙亂後露出一絲疲倦，她進房後，催促我上床睡覺。我回到自己的房間，躺在床上睡不著。蚊蠅撲打著蚊帳，我在黑暗中聽見牠們振翅的嗡嗡聲響，害怕牠們會突然飛撲到我身上。我迷茫睡去，天不知不覺就亮了。

隔天，媽媽質問爸爸昨晚為何喝得爛醉，他卻閃爍其詞，氣壞媽媽。

幾天後的清晨，我揹起書包跨出屋子，途經每天上學的那棵老榕樹。大霧浮蕩在前方的下坡路，視線所及皆是蒼茫茫，勾勒出模糊的景象。大街上最偏遠的古老碼頭和那片廣闊的海，凝聚飽滿的鹹味、濃重的潮濕氣息，隨著小鎮掀起的風蕩漾在空氣中，飄送過來，沁入我的鼻間。微弱的日光徐徐照著濃密的枝葉，篩落細碎的葉影。這樣美好而靜謐的早晨，雀躍和愉悅宛如氣泡在鼻間、胸口、血管、毛細孔縫隙浮動和脹大。

忽然，神經線抽動一秒，眼皮跳動著，我瞬間接通記憶的靈光，赫然意識到上學快遲到了。完蛋了，班導師又有理由責罰我！不敢多想，我連跑帶跳衝往學校的路。

遠遠地，就可瞧見那橫騰半空中、由兩根石柱撐起的牌子題著「培新小學」字樣。上課鐘聲暴怒似的狂響起，來不及了！我莽莽撞撞闖進去，慌亂搜尋教室。忽然，我渾身不自在，有一雙銳利注視的眼睛在隱匿處默默觀察我，使我變得笨拙、驚惶。那抹視線緊盯不放，伴隨我奔跑而游移。我環顧周遭，一切平靜如常，暗罵自己神經質，繼續奔往教室的方向，背後卻擺脫不了不知從何而來的灼熱視線。我頓覺手足無措，似乎有什麼不對勁，卻又說不上來。有什麼神祕的東西躲在我看不見的暗處呢？是人？是動物？我轉身望去，是片花叢，微風輕輕掀起葉梢，那花叢中什麼都沒有哪！大家都在教室裡上課，沙粒隨風滾動，滾向前又退去，塵屑翻飛四起。駝背的老校工在樹蔭下掃落葉，意識到我在看他，抬起頭和我對望，露出狐疑的表情，瞧我沒有什麼反應，繼續埋頭做事。

驀地，我發現自己遲到了，竟然浪費時間猜測那股詭奇的感覺，這下完蛋了！我戰戰兢兢趨近，偷偷站在教室門外。上早課的女魔頭老師穿著一身白襯衫和黑色及膝裙，鼻梁上挺著黑框眼鏡，僵硬的臉龐透出幾分肅穆和威嚴，彷彿是遊走於人間與地獄的勾魂使者。她背向全班學生，緊抓粉筆朝黑板迅速寫字，發出振動的聲響，逼迫學生抄寫在練習簿上，一遍遍背誦默讀。大家紋風不動，沒有人敢隨意交談，像是遭受脅迫、不敢輕舉妄動，集體禁錮的人質。我突然有種大禍臨頭的感覺，緊咬下唇，躡手躡腳地溜進去，打算趁機混跡到同學間。正要一屁股坐在位子上，心生快意的當兒，她竟忽然轉身，逮著了我。她眉宇間凝聚的殺氣，傳導到手掌，只要揮拳就能輕易擊垮我。

我默默走到她面前，抖著肩，垮下臉，不敢大膽直視她的眼神。她仰起下巴，洞大的鼻孔噴出怒氣，塗著紅豔指甲油的手指，往我鼻尖比劃著，濃重的指甲油味頓時讓我呼吸困窘。她從牙縫迸出聲音：「妳又遲到了，快！去後邊罰站！」和往常一樣，我直挺挺站在教室的後端，絲毫不敢怠慢，罰站過數次仍然覺得渾身不自在，緊繃著臉，表情僵硬，露出尷尬的神態。我幾乎以為自己真的是個不守規矩的壞孩子！如果身體稍有傾斜，膝蓋略微彎曲，女魔頭馬上扯開大嗓門，像鋒劍咻地一聲發射過來。我畏懼又討厭她，上學真不好玩！後排座位的同學在上課時間偶爾轉過頭對我做出滑稽的表情，比出可笑的手勢，我把他們的幸災樂禍當成透明的空氣，撥開目光，瞥向教室外。

終於放學了，我像隻擺脫束縛的鳥兒，迫不及待想飛出籠子。學生們齊聚在校門口，爭先恐後推擠別的學生，大家都想迅速逃離這巨大的鐵籠。動作粗魯的臭男生集體混在一塊兒，斜揹著書包，歪歪斜斜站著、蹲著、踢著前方同學的屁股，不停嚷叫前面的人快點走。有些調皮的男生喜歡惡作劇，在人群擁擠間，偷掀小女生的校裙，大聲喊出內褲的顏色，旁邊的人吹起口哨，大夥跟著起鬨，嗤笑連連。那小女生驚喊出聲，掩面後退，差點絆倒身旁的同學。她的朋友見狀，氣急之下猛衝向前和那調皮的男生傾軋、相互叫囂。男生的同夥友人掄起拳頭，雙方爆開衝突。場面頓時紛亂起來，老師和老校工聞聲趕來處理。我趁著人群騷動，壓低身子，俐落如一尾魚般東鑽西竄，摀起鼻子遮住濃濁的黏濕味，逃出汗涔涔的人潮。

朝大街的路漫長而寬闊。剛過中午的陽光炙熱難受，我走到哪，就有一團高懸在天空的火球追著我跑似的，走不了多遠，我已經汗流浹背。政府國民小學的路邊也擠滿了黑麻麻的小學生，大部分是和我同樣年紀，但膚色黝黑的印度、馬來小學生。他們的身上散發香油味、古老祕方的藥草味，或我難以辨識的特殊脂粉味、濃郁的體味。這些氣味摻雜一起，瀰漫在空氣中。他們有的擠成一團，吱吱喳喳交談不休，唇齒頻啓像唸誦般，滾出我半熟悉的話語，我停下來仔細聆聽，才能聽懂他們的談話。另一些小學生不留滯學校門口，三三兩兩徐步往大街和馬來甘榜的方向走去。不過太陽太熾烈了，一陣摩肩擦踵後，我的好奇心失去耐性，低頭匆匆越過他們，繼續往前走。

來到大街上，日光傾斜，火球的輪廓漸漸模糊，金橘色的蒼穹鋪天蓋地而來。炙熱的氣溫下降了些，背部和手臂濕漉漉的汗漬慢慢蒸發，殘留黏膩的感覺。遠離了嘈雜的人流，耳內仍迴盪嗡嗡的人聲，腦袋處在缺氧的狀態，血液在身體裡流動趨緩，我開始感到腸胃的部位向內凹陷成一個無止境的漩渦，不停旋轉、糾結，彷彿將人們的苦難也繾綣成一團。我逆著熱風一路前行，臉頰曝晒得紅彤彤。漸漸流失的體力，使我的眼神開始渙散，肚子感到飢腸轆轆。日頭下，成排的浮腳屋露出光裸、醜陋的斑痕。屋底的空地收納撿拾來的破銅爛鐵，或築起籠子，飼養雞鴨。日夜積糞，雨天後臭味熏天；日照下仍散發隱隱的腐臭味。人們似乎長年習慣這股難聞的氣味，不知是默默忍耐，還是渾然未覺，沒有誰發出強大的抗議。我難以忍受，每次捣著鼻口遠遠疾步走開。街道上有不少垃圾，隨風飄在半空，沾了泥的垃圾融為土的一部分。有一些比我還稚齡的幼童，還未上學，無所事事地在路邊玩起當季流行的小遊戲，踢著生鏽的鐵鋁罐，打玻璃彈珠，撿殘破的貝殼裝飾成項鍊，戴在脖子上。有幾個頑皮的小男孩專抓大蝸牛來玩，他們用細木枝逗弄蝸牛，強取蝸殼，作為他們的新奇玩具。我不敢靠近他們，大步跑開。空氣中顫流著灼熱的、髒臭的、汙穢的氣息。熙來攘往的車龍有股瘋狂的姿態，公共巴士、小型霸王車、二手汽車和引擎聲叭噠叭噠響的摩托車在黃泥路上凶狠地穿梭馳騁。幾輛老舊的車子噗噗噗吐出烏煙，飄散在灰濛濛的空氣中。沒有耐性的司機猛按喇叭，我走在路的邊緣，從恍惚中驚跳起來，迅速閃開。那司機從車內探出頭，瞪我一眼，對著前面的車子粗聲粗氣地嚷罵：「哪個像娘兒們的龜兒子，開得有夠慢，別擋老子的路！」後方車主有樣學樣，紛紛叭噗起來，尖銳的聲響一路蔓延到街尾。

我慌忙溜進浮腳屋的長廊，矮階梯旁有位衣衫襤褸的老頭兒，神情疲累地倚柱而坐，嘴裡嚼根菸草，喃喃自語，臉孔顯得有些嚇人。我刻意快速繞過他，往前逛著幾家店，有雜貨鋪、照相館、麵食店、裁縫店等，我走著走著，不經意望向對街的診所，有一婦女手裡抱著個小嬰兒，正要推門而入，剛巧有人和她擦撞而過，仔細瞧，是王醫生！他蹣跚走向大街，有點宿醉的模樣，那婦女扯開大嗓門，頻頻呼叫著：「王醫生！王醫生！您要去哪？我孩子發高燒，等您救命哪！」他充耳未聞，臉龐泛紅，一路跌跌撞撞，穿梭在車流中，惹來不少謾罵叫嚣。直到他搖晃的身影消失在舊街，我才默默收回視線。

我闖進一間紙人玩具雜貨店。

踏進店裡，馬上撲來濃濁的氣息，空氣中隱隱飄散灰塵的顆粒。光線幽暗，我的每一腳步彷彿陷入黑暗中。環顧周遭，擺賣許多無法想像的貨品，橫梁懸掛碩大的貝殼裝飾品和色彩繽紛的繩索。沿著牆面的玻璃櫥櫃置放仿冒的混血臉孔的洋娃娃，那一張張鮮明立體的五官輪廓，渾圓發亮的藍色眼珠，穿著絨布紡紗蕾絲衣裳和傳統服飾，甜美中帶有陰森。我驚奇地瞪大眼，桌上各種稀奇的物品勾走我的魂魄，我湊上前搜索那些外觀詭怪、逗趣的小玩意，紙人娃娃、毛茸茸的動物玩偶、扮家家酒的廚房用具、小鏡子、鑲有假珍珠寶石的項鍊首飾、小士兵、玩具水槍等。放下手中的玩具，我抬頭望了望，看見坐在角落椅子上的店主，他黯淡的身影嚇了我一跳。他是個中年馬來男子，皮膚黝黑，滿臉肅穆的神情，讓人不敢親近。他不特別招呼客人，也沒有積極叫賣，不發一語地陷入自己的沉思，似乎沒有打算理睬我，甚至注意到我的存在。我走到長廊，大街上依舊喧騰四起，熙來攘往。突然，我看見商店旁邊的草叢間閃現一條碩大的蛇，牠吐出小舌，在陽光底下射出灼熱的視線，神出鬼沒的詭譎姿態就像今晨我在學校感受到的一模一樣。我尖叫起來，引來周圍路人的注目，有人發現蛇的蹤跡，也嚇得呼喊起來，商店主人衝出長廊，喚來幾個幫手，合力抓蛇。我匆匆離開那裡，馬上奔向店裡找媽媽。

午後，天氣依然炙熱，我蹲在店前凝視這條荒涼的舊街，匆匆往來的行人和車子掠過眼前。毒辣火紅的太陽高懸著，不可觸及的巨大光圈浮在混濁的天空中。熱浪般的高溫熨平路人的鞋底和疾馳而過的車輪，空氣中顫流著擰乾的汽油味，我眼球裡閃現的每幅景物，在高熱蒸騰下全飄浮起來，街道上的一切在日光曝晒下徹底赤裸裸。我的喉嚨熱燙燙，舌尖乾澀，腦袋瓜烘烤著滋滋響，無法過多思考。我的眼神開始迷濛，媽媽喚我，叫我趕快入店內休息，訓斥我別蹲在門邊，等會兒熱昏中暑就慘了。我躲回店裡，坐在矮凳上，繼續觀望街景。店裡依舊熱烘烘，但比起撐著陽傘在路上行走的人們舒服多了。自那晚和爸爸起口角後，媽媽就顯得焦慮不安，擔憂有警察盯梢。她時而在走廊徘徊張望，時而坐回位子繼續查帳工作。

蛇出沒的事，原本只是一件小事。但當牠數量變多、出沒日趨頻繁的時候，我開始不自覺恐慌起來。從幾天前，眼鏡蛇出現以後，我開始覺得事情有點不尋常。我住的這座荒僻小鎮，有蛇出沒不是件奇怪的事，人們也沒特別留意牠，直到蛇群氾濫地出沒在僻靜小路、車龍喧嚷的大馬路、種植園區、亞答屋等處，人們從原本的不以為意，到無法猜透牠神祕隱現的軌跡，漸漸地，大家感到莫名的驚懼和迷惑。前來店裡販售濕可可的賣家，不約而同與爸爸談及鎮上的蛇患，有人不安地聯想這奇事可能是個預兆。我站在一旁默默傾聽，爸爸蹙眉的肅穆神情，連帶影響我對此事泛起更多的胡思亂想。我心底有股不祥的感覺悄悄滋長，那些神出鬼沒的蛇群像飄忽的鬼魅，似乎靜悄悄藏匿在我難以想像的地方，伺機冒出身影，干擾大家平靜的生活。

我跟隨爸媽到亞都茶餐室喝茶。爸爸找朋友敘舊閒聊，聚在那兒的人們激烈談論遭受眼鏡蛇攻擊，最後有驚無險逃離的事蹟，還有人敘述合力消滅蛇的精采過程。從不同的人嘴裡持續傾聽蛇的蹤跡和線索，恐懼和驚顫就越往我腦海皺褶扎根。那種恐懼朦朦朧朧，像針刺一樣迅速且短暫，密密麻麻緊緊跟隨不放的感覺，很快消失而難以捉摸，直到下次再聽聞蛇患的事，我的感覺神經又會重新複習這份恐懼，或許也不會是原來的恐懼情緒，但只要腦海裡不斷聯想蛇的模樣和畫面，我就感覺陣陣冰涼的氣息從腳底竄升到手掌心。我感到力不從心，礙於我的智商，還有我這年紀學到的有限詞彙，無法清楚表達如此複雜的感受。

鎮上的人們因為蛇患事件沸沸揚揚喧譁好一陣時日。正當我們感到憂心，注意力全投注在那件事時，爸爸卻出事了。

忘記是哪天的深夜了，只記得那晚天黑得像烏鴉群。爸爸還沒回來。蠟燭已經快融完了，燭火搖搖晃晃，變得暗淡。媽媽原本坐著等爸爸回來，看見燭火快熄滅，她又點了一根蠟燭。然後她就坐不住了，在客廳裡走來走去，東摸摸，西摸摸，來消耗漫長的等待。她晃動的身影投映在牆上，像一縷惶惶不安的幽魂。

「很晚了，不等爸爸了，我們先去睡覺。」最後，媽媽做了這個決定。

她鎖好門窗，吹熄燭火，拿著油燈領路。我們穿過長廊，回到房間。夜晚的風狂嘯，窗外樹葉嘩嘩響，我躺在床上，蚊子在我耳邊飛來飛去，我搔了搔耳朵，揮去討厭的蚊子。我有點不安，爸爸為什麼還沒回家？他從未在外面過夜。我忽然想起那晚他喝醉酒的情景，那時他看起來有點心事的樣子，卻什麼話也不說。我開始胡思亂想，猜想他去了哪裡，做了什麼事，最後把自己弄得很累。

這一夜，我睡不安穩，做了零碎的夢。

隔日，我發現媽媽頂著兩團黑眼圈，似乎為了爸爸整夜未歸而擔憂。她喚來工頭阿曼，問他是否知道爸爸的行蹤。阿曼皮膚黝黑，是個身材精壯的中年男子，右臉有條深長的刀疤，聽說，是他有次在可可園裡遭到竊賊利器攻擊，留下的疤痕。我時常看到他在屋子附近的烘爐廠指示員工做事。他總是跟隨爸爸進出可可園或森林。

「昨天傍晚，老闆和工人去斗湖市送貨。」阿曼困惑地看著媽媽，「怎麼了嗎？」他臉上的刀疤隨著他生動的表情而微微抽搐。

「他一夜沒回來。」媽媽神情焦慮地說。

媽媽帶我到街上打聽爸爸的下落。

我們問了一些和爸爸熟識的人，卻問不出什麼，沒有人知道他去了哪裡。我們還跑到爸爸常去的撞球館和麻將館，也沒有人知道他的行蹤。我們開始覺得不安了，事情顯得有點奇怪。

店裡也不見爸爸的蹤影。昨日和爸爸同行送貨的工人已回來，媽媽招他來詢問，他卻表示當天沒什麼異樣，他們如常送完貨。爸爸回店裡後不久又出門了，但沒有人知曉他去了哪裡。我們擔憂他的安危。媽媽邊忙著店裡的瑣碎事，邊打電話向人探問爸爸。

近傍晚時分，我們回家。

天氣仍然擁有熱昏腦袋的驚人威力，我全身昏沉沉，懶洋洋倚靠在客廳門邊，提不起勁地張望附近工人晃動忙碌的身影，抬眼望去是炙熱的白雲藍天。層層疊疊的雲團綻放如大花朵，在陽光的照耀下無比透亮，彷彿隨時會掉下來壓扁我。遠處隱約傳來車子轟隆隆的聲響，我順著聲音的方向眺望，前方下坡路滾滾沙塵飛揚，一輛四輪驅動車衝撞而來，緊急剎車，停駛在屋子前廊，著實嚇壞我，我馬上跳起來，仔細瞧，是阿曼。

「小姐，老闆娘在哪裡？」他焦急地問。

「媽媽在花園。」我據實回答，茫然地望著他。

他道聲謝，就匆匆奔向花園。

直到日光傾斜，氣溫不太熱時，媽媽和阿曼從花園的小路快步走過來，他們比劃著手勢不停交談。我瞧見媽媽臉色慘白，顯得不太對勁，頭皮不自覺發麻起來，不曉得發生了什麼事。他們快走近屋子時，她交代阿曼幾句話後，阿曼就走往烘爐廠，我飛跑過去。「媽，怎麼了？」我的心跳聲怦動不止。媽媽轉身看我，愣了幾秒，又馬上恢復平日的神態，語氣帶點哽咽，緩慢對我說：「小舞，我們有妳爸的消息了，阿曼說他出事了！」我呆了呆，一時間反應不過來，搞不清楚她的意思。「那……」我還沒講完，她就抓起我的手，我迷茫望著她。「走，我們要去找大狗警察！」她迅速闖進房間，不一會兒又跑出來，拿著手提包和車鑰匙，拉著我離開屋子，跳上停放在附近的車子。媽媽的臉龐凝聚著堅強和焦灼的複雜神情，她猛然發動引擎，探看照後鏡，倒車後退，旋轉方向盤，繞了個漂亮的彎，準確無誤地踩下油門，車子呼嘯駛向下坡路，朝大街馳騁。

媽媽專注凝視前方大路，我正襟危坐，心頭卻慌亂失序。她忽然開口，我抖了一下，眼睛眨也不眨盯著她的薄嘴唇，靜靜聆聽。每聽過一字一句，我的心就噗咚一聲。「警察帶走妳爸。」她頓了一會兒，又說：「阿曼打聽到消息了！據他說，爸爸是被警察帶走了……」媽媽的嗓音越變越小，我看見她輕顫的雙唇，馬上紅了眼眶。我迅速別過頭，瞟向車窗外，風景咻咻掠過。我轉動手把，搖下車窗，風呼呼刮過我的臉，吹乾我欲滴落的淚珠。

「爸爸在哪呢？」我問媽媽，風聲幾乎掩埋我的聲音。

「拘留所。」

沉默短暫蔓延，風呼嘯嘶吼。

「為何要找大狗警察？」我又問媽媽。

「妳爸爸和他有點交情，媽媽想請他幫忙。」媽媽吞嚥口水，用無比堅毅的語氣對我說：「我們一定要救出爸爸。」然後她用力催油門，我們的車子化身成一頭迅捷的豹，在黃昏時分穿越大街路，拐個彎，朝另一條馬路橫衝直撞，駛往馬來村子。

我們抵達一棟磚瓦砌成的大房子。

媽媽催我下車，牽著我站在房子門前。她低聲囑咐我見到大狗警察要有禮貌，不可失態，不可隨意插嘴。我心不在焉，黑溜溜的眼珠子轉啊轉，張望陌生的環境。媽媽瞧我這模樣，輕拍我的腦袋，訓斥我要有分寸，別東張西望，我挨了痛，摸摸微疼的頭，胡亂點頭允諾。

她敲著門，敲了好一會兒，沒人來應門。我躲在她背後，媽媽纖弱的身影站得直挺挺，毫不退縮。靜默的等待特別漫長，我的眼皮沉重如鉛球，頻頻眨著。突然，蚊蟲來勢洶洶，叮咬我皮肉，振奮我的精神，我拚命抓癢，稚嫩的皮膚迅速紅腫一大片。盯視的目光如影隨形，我覺得渾身不自在，抬眼望去，周圍種植著高大的樹木，疏落的平房和木板屋矗立其中。我仔細搜索一間間昏暗的房舍，那一扇扇深不見影的窗戶，暗藏無數雙女人的眼眸，默默窺覷我們的一舉一動。坐在屋前欄杆上的孩子們，流露防備的眼神，不太友善地凝望我們。我毛骨悚然，打了個噴嚏。

倏地，門縫漏出一點光，露出婦女憔悴的雙眼。她們壓低嗓子說話，媽媽道明來意後，她請我們稍等，掩上門。過了一會兒，那位婦女再次打開門，我湊上前探頭探腦，房子光線明亮，傢俱嶄新富有氣派，室內裝飾得傳統華麗。媽媽將我拉到背後，交代我要安分點。長廊盡頭款步走來一位高大肥胖的馬來男子。媽媽悄聲告訴我，他就是大狗警察。他身穿質地柔軟、光彩潤澤的峇迪衣衫和黑西裝褲。我抬頭望，他的臉龐油亮如光，不見下巴，連著短脖子，還梳了個油光的頭，臃腫的體型彷彿快要擠破衣裳。笨重的身體拖慢他的步伐，等了一會兒才走到門邊。媽媽畢恭畢敬問候他，我一直望著他，只見他用嫌棄的目光睨著媽媽，雙手伸入褲袋裡，似乎緊緊壓抑原有的情緒不表露出來。直覺告訴我，他不是個好人，我不喜歡眼前這個人。但媽媽先前的囑咐，提醒我必須安靜聽話地站在一旁等待。他們用馬來話交談，我沒有專心聽，只聽懂簡單的幾句話。我一直隱約感覺有人默默監視我，藏在暗處的可怕眼眸，像潛伏的蛇群。那人的表情凝重，聽到媽媽講的某句話後，馬上露出為難的神色。僵持的沉默讓我的注意力回到他們身上。媽媽不動聲色，從手提包裡取出一個微隆起的白色長信封，顫顫巍巍交給大狗警察。他表現出盛情難卻的模樣，笑盈盈接受那信封，那雙銳利的鷹眼頓時閃閃發亮，僵硬的臉終於流露彎彎的笑靨。皮笑肉不笑的滑稽模樣，做作極了！為了在這場拯救遊戲中獲取勝利，我繼續忍耐，保持適度的微笑，不讓敵人看出我的破綻。我索性躲在媽媽背後，不看那臉孔，也就不會前功盡棄。

大狗警察邊假笑，邊悄悄將信封放入自己的褲袋，對媽媽說：「不如今晚妳和妳女兒先在我這留宿一夜，我擔心妳們的安危，不然恐怕很難向妳先生交代哦！」媽媽面有難色，輕輕瞥我一眼。「妳放心吧，明早我送妳們去見他。」他給予保證，媽媽這才畢恭畢敬地感謝他。大狗警察吩咐他的女傭後，轉身進入屋子裡，抖著那團沉甸甸顫動的啤酒肚，頭也不回地走向長廊，進入某間緊閉深鎖的房間。媽媽牽起我，她的手有點冰冷。守在旁邊的婦人引領我們入屋。

她走在前面，我們跟隨於後。我好奇環顧布置豪華的客廳，懸掛在花雕天花板的燈輝映耀眼刺目的光亮。偌大的房子瀰漫陰森的靜謐，我們越過客廳，東折西繞走在迷宮般的長廊裡，直到那位中年婦人停在一間低矮的房門前。她從衣袋掏出一把鑰匙，抽了其中一支，插入鎖孔旋轉，打開門讓我們進去。「太太，有任何問題可以吩咐我。」她交代完畢後，不打擾我們休息，逕自離開。

這是一間較為樸素簡單的客房，只有一張高級昂貴的床和一個木製衣櫥。我走近房間唯一的大窗戶，窗簾綴有熱帶花卉的圖案。我掀開簾子仰望夜空，混濁的烏雲遮掩模糊的月亮。媽媽喚我入眠，我拉上窗簾，跑回床上。我們憂心爸爸的安危，無暇顧及房間的裝潢。我們都累垮了，癱在富有彈性的床褥上，全身繃緊的情緒舒展開來，媽媽緊蹙的眉心也漸漸鬆弛。我枕在媽媽的臂彎，聽著她清晰而規律的心跳聲，零碎的思緒飄飛，想像明天見到爸爸的情景。這間客房比我家的任何房間都漂亮，也沒有蚊蠅縈繞耳邊嗡嗡作響。奇妙的是，我沒有因此而感到愉悅，反倒覺得胸口窒悶，無法舒適自在地入睡。我竟然會認床，新環境帶來的陌生感困擾我，只有在原本熟悉的房間才能輕易睡到天亮。媽媽似乎和我有同樣的感受，我們已經非常疲累，卻輾轉反側。窗外黯淡的月光無法透進來，停留在外面世界。

我不清楚自己何時睡去。時間滴滴答答溜走，床鋪好像在輕輕搖晃，我驚醒過來，揉了揉雙眼，勉強睜開眼，是媽媽，背對我坐著。媽，我輕輕喚，起身坐在她旁邊。「睡不著？」她摸摸我的頭，扯著嘴角，露出苦澀的表情，「小舞，再睡一會兒吧！天還未亮。」我抬頭望，窗外一片漆黑，我搖搖頭，靠在媽媽胸懷，想陪她等天亮。我們相互依偎，等著眼發疲，頻打哈欠，晨光慢慢穿透窗簾，灑落房間地面上。

天亮了。

我們梳洗完畢，昨夜的那位中年婦人來敲房門。我們用過早膳，準備出發。大狗警察從長廊另一側現身，今天他穿著另一套華服，與媽媽打過照面後，我們隨他步出房子。

我們跳上車，緊跟著大狗警察的車子。一路上，我們沒有說話。忽然飄起細雨，拉上車窗，空氣瞬間變得滯悶。我忐忑不安地摩挲雙掌，眼皮輕輕抽動，我揉著眼，凝視迷濛的雨。

雨勢越來越大，變成滂沱大雨。無數條細長的水線從車窗蜿蜒順流，模糊我的視線。雨聲淅淅瀝瀝，撩得我心慌慌。我們穿過大雨和整片郊野，抵達小鎮的邊緣，暗灰色的龐然建築物置身雨中格外荒涼、陰幽。大路的盡頭是碼頭和大海。我瞇著眼，這就是警察局？我初次進去這個地方，沒有色彩的冰冷建築物，這不是個好玩的地方。

我的爸爸被關在裡面。

爸爸被關之前的某夜，他和媽媽發生了爭吵。

那天，入夜以後，我坐在光線昏暗的客廳，門忽然被推開，爸爸臉色陰沉地走進來，心裡不知在琢磨著什麼。他頭也沒抬，逕自走到飯桌，坐在椅子上等待開飯。我來到他身旁，他摸了摸我的頭，勉強扯著嘴角，卻一言不發。桌上煤油燈晃動的微光，照在爸爸泛著血絲的眼睛，滿臉忡忡心事。我們陷入短暫的沉默，我一直注視他，沒有多久時間，肚子就開始餓起來。媽媽鑽出廚房，端菜上桌，我收回視線，溜進廚房拿筷子湯匙，又回到餐桌上。她瞥了爸爸一眼，對我示意，暗示我吃飯。周圍的空氣像凍結著，氣氛顯得異常詭譎。媽媽開始詢問爸爸店裡的生意，他默不作答，沒聽見似的，沉浸在自己的世界。媽媽又問了一次，爸爸才恍惚回過神，「妳剛說什麼？」她見他魂不守舍，面露擔憂，我也覺得爸爸今晚有點奇怪，不像平常的模樣。媽媽凝視著他，語氣溫和：「沒事吧？生意怎麼了嗎？」爸爸嘆了口氣，放下碗筷，慢吞吞地講出今天東林店來了兩名馬來警察，詢問他有關種植的問題，他們神態鬼祟，像是窺人隱私似的。

「你得罪了他們？」媽媽滿臉不解地看著他。

「應該沒有吧！」爸爸語氣中透露一絲不確定。

「他們為何問你那些問題？」她繼續追問。

「我也不太清楚，可能……」他停頓了一會兒，不再往下說，好像在刻意隱瞞些什麼。

「可能什麼？」我和媽媽異口同聲問著。

「沒什麼，別問了，快吃飯吧！」爸爸擺擺手，重新拿起碗筷，夾著菜拚命塞往嘴裡。

「說出來吧！免得我擔心睡不著！」媽媽蹙眉，嚴肅地盯著他。

爸爸顯得不耐煩，突然提高嗓門朝媽媽吼：「妳煩不煩啊？都叫妳別再問了！」

他突如其來的嚷叫震懾我，不禁打了個冷顫。我不敢吭聲地埋頭吃飯，連呼吸也戰戰兢兢。媽媽馬上變臉，擱下碗筷，情緒激動起來，「不行，一定有事！不要瞞我！」她目光凜冽，緊緊注視爸爸閃爍不定的眼神。她咬著問題不放，爸爸終於投降，鬆口說出心底的隱憂：「前不久，園區噴灑的農藥水用完了，我就訂購新的一批貨。」「然後呢？」她放緩語氣，鼓勵他繼續說下去。「我換了另一家，有人來店裡向我洽談，他們開出低廉的價格，我想想可以節省成本錢，衝動之下就買了那些貨！」媽媽面露狐疑，皺起眉頭，「有這回事，我怎麼不知道……等等，你的意思是那些農藥水有問題？」我對他們的話題不感興趣，也聽得不是很懂，只顧著吃飯。爸爸靜默著，沒有回答，過了好幾分鐘，他才點頭示意。媽媽緊張起來，站起身走到他身邊，半跪在他面前，刻意壓低嗓子追問：「農藥水有何不妥？」他們神祕的舉止讓我好奇起來，我瞥了他們一眼，他們神色凝重，似乎有點不太對勁，不知發生了什麼大事。爸爸低頭掩面，這副頹喪的模樣使他失去平日的威嚴英姿。她溫柔地掰開他的雙手，等待他嘴裡吐出答案。

「他們偷來的。」爸爸無奈地說。

「什麼！偷來賣的你也敢買！」媽媽生氣地嚷叫，還站了起來。

爸爸也怒了，激動起來：「妳懂什麼！要不是妳生下這毛病不斷的孩子，時常要錢看病，我需要每天拚命想盡辦法賺錢嗎？」

「孩子也是你的，你現在講這句話是什麼意思？」她大聲反駁。

我僵立不動，大氣不敢喘，又來了，又要開始吵架了，我討厭他們這個樣子，卻沒有勇氣出聲制止。他們的脣槍舌戰越演越烈，濃濃的煙硝味瀰漫在屋子裡。媽媽開始抱怨，哀楚地說自己命苦，當初是瞎了眼才嫁給爸爸，現在同他在這個鳥不生蛋的地方受苦，還連累可憐的孩子。她越講越傷心，將過往和爸爸共同捱日子受的委屈一股腦兒全盤托出。她難以控制洩洪的情緒，最後還哭了起來。

媽媽的眼淚揪住我的心，胸口悶悶的，像有塊大岩石壓著我。我不知所措地站在她旁邊，看到她哭泣，我的眼眶也跟著濕潤。爸爸見狀又氣又急，突然拍案震怒，「別哭了！」他肅穆的臉孔閃過一抹憂慮，低聲嘀咕了句粗話，從椅子上起身，離開飯桌，在客廳裡踱步。媽媽忽然止住了抽泣，呆若木雞，兩眼空洞望著前方，沒有焦距。媽，我喚了她數聲，她都沒有回應我，像是鐵了心，對生活早已灰心，拒絕再和這個世界有任何聯繫。我急壞了，拉著她的衣襬。我呼叫著爸爸，他停下腳步，從暴躁的情緒中恢復過來。媽媽轉過身看我，臉龐殘留的淚痕已經消散，她報以一抹悽楚的笑靨。爸爸回到飯桌，眼神中飽含歉意，給她一個撫慰的擁抱。她拚命掙扎，想掙脫他的懷抱，爸爸反而抱得更緊，不斷安撫她的情緒，她才慢慢軟化下來。他滿臉愧疚，語氣溫和地向她道歉，懊悔自己剛才衝動的行為氣哭媽媽，也嚇壞孩子。我默默鬆口氣，收拾碗筷，躡手躡腳拿去廚房清洗。

媽媽洗了把臉，再次出現在客廳時，已恢復平日的理智和冷靜，心情也平復多了。「我怕警察盯上你。」她開始擔憂，說出心中的疑慮。爸爸聽後垮下臉，搪塞著幾句，安慰媽媽不要多想。之後，他們都默默無言，沉浸在各自的思緒中，我打破沉默，看著爸爸說：「那天我看到眼鏡蛇！」他抬起頭，眼神困惑地望向我，見他沒有太大的反應，我繼續往下說：「那是條好大好長的眼鏡蛇，在屋子旁的草叢發現的，阿曼和兩位工人合力抓起牠，小孩子看到都拚命尖叫，我也怕極了！」爸爸摸摸我的頭，要我小心點，避免往草叢跑。媽媽打斷了我的話題，催促我上床睡覺，我們熄燈進房間。長夜漫漫，大家都累了，懷著各自的心事墜入夢鄉。

這會兒我追隨媽媽奔波於東林店和花園之間。我蹲在店門邊，仰望晴朗炎熱的天空。前幾日的傾盆大雨似乎只是曇花一現，洗滌不了街道上的灰塵和蛇群身上散發的滯臭味。假日的小鎮有點異常，大部分的商店都關門不做生意，疏落的幾家店敞開大門，店主人躲在昏暗的店裡，滿臉無精打采，整條冗長的街路死氣沉沉。我頻頻打著哈欠，腦袋渾沌。蛇群在鎮上出沒無窮，小孩都嚇著，大人們禁止他們隨意在街道邊嬉戲玩耍，少了孩子們的喧譁聲，街上變得更安靜了。人們都待在自己的屋子裡，避免受到不必要的攻擊和傷害。男人們群聚討論解決蛇患的事，他們組了滅蛇隊伍，午後時間展開圍剿行動，守候在蛇群經常出沒的樹林地帶、郊野等處，逐一擊破。他們將殲滅的蛇處理後，擺起攤位，懸掛著蛇肉和蛇皮，在擁擠的市集販賣。

天氣熱起來了，且比前陣子還熱。店裡的空氣滯悶，每個人都汗流浹背，媽媽擦拭涔涔滑落的汗水，走來走去，吩咐工人們做事。她操心爸爸的事，已經好些天睡眠不充足，兩團黑眼圈深得嚇人。那天清晨，我們冒著大雨到拘留所探視爸爸。大狗警察領路，帶著我們到辦事櫃檯，警察人員看見上司突然出現，原本還在打瞌睡，馬上驚跳起來，慌亂地鞠躬哈腰，對大狗警察奉承一番。隨後，一位年輕警察帶路，我們走過曲折的長廊，途經幾間關著人的監禁室，他們流露冷漠空洞的眼神，剩下的是空蕩蕩的監禁室。我們走到盡頭，站在一間簡陋的監禁室前，那位警察告知媽媽探監時間，然後就先行離去。每間監禁室看起來都一樣，只供草蓆睡眠，角落是盥洗設備。有張熟悉的臉孔映入我眼瞼，他坐在石灰地面，微低著頭，陰影遮蔽他的側臉。

爸爸。

他怔忡地抬頭看我們。爸爸雖然睡眠不太充足，浮起兩團淺顯的黑眼圈，也冒出細細的鬍碴，但他氣色看上去仍精神奕奕，這件事似乎並未徹底擊垮他。媽媽瞧見爸爸，哭喪著臉，隔著鐵柱的空隙，緊握他的手，情緒有點激動，嗓音哽咽。她問爸爸還撐得住嗎？他敘述整件事的發展和處境，一直叫她不要擔憂。媽媽提起哥哥原本也想來探監的念頭，爸爸靜靜聽著，沉默了幾秒，沙啞低緩地說：「別來好，看到我……這副模樣……他在那兒，很好……好，別像……我，沒念什麼書，他以後要有出息點……」媽媽默默聽著，囁嚅幾句話。我覺得胸口很悶，呼吸有點難受，不知如何形容此刻複雜的心情。爸爸囑咐我要聽媽媽的話，別隨意獨自遊蕩。探監時間結束後，大狗警察告知媽媽還不能先釋放爸爸，「這事有點複雜，沒有這麼好處理，還需要一點時間！」他又露出為難的神色，似乎這一切不是他能輕易決定的。

爸爸無法和我們一起回家。

我們的日子忽然少了爸爸。媽媽收斂起笑容，把這個世界扛在自己肩上。爸爸被拘留的那一陣子，媽媽接管東林店的生意，她從早忙到晚，無暇照顧我。花園在無人料理下蔓草叢生，回復雜亂的狀態，任其荒廢。日前，哥哥在來信中表達擔憂，再次詢問爸爸被拘禁的情況。媽媽向哥哥保證爸爸的事很快能解決，不須憂心。她持續尋求大狗警察的協助，數次帶我登門拜訪，仍不果。但她的臉上不再凝聚難以化開的悲傷，她在我們面前隱藏苦痛的情緒，刻意表現堅強的那面，生活對她而言，沒有快樂，也不會憂傷。她看似平靜的神情，卻給我無形的距離感，媽媽的內心世界突然離我好遙遠。

「我對人生早已放棄過多的期待。」爸爸不獲釋放的那晚，她這麼對我說。我從她無光的眼眸看見絕望。那夜以後，潛藏在我心底的小孩彷彿一夕之間長大了不少，我漸漸看到阻礙著我們前路和未來的部分事實。於是，爸爸不在的短暫日子裡，我異常萎靡、頹喪，沒有繼續在街路上遊蕩，也失去興致參與同年齡男孩女孩的遊樂活動。我曾窺見媽媽在深夜的房間暗自啜泣的景象，坐在床沿的她，褪去白天的堅毅形象，肩膀顫抖著，落淚的模樣像極一個頓失所依的孩子。

我感到更憂傷了。

恐懼如影隨形。神祕出沒的蛇侵入鎮上幾家住戶的屋子裡，有位小孩甚至被咬傷。這事件震驚著人們，大家開始和鎮長商議對策。後來，他們決定在整個小鎮大規模噴灑消毒劑，以驅趕充滿威脅感的蛇群。我住的小鎮沒有消防局，鎮長只好向外求援，聯繫鄰城的消防單位，請求派遣消防人員協助這活動。事情的進展一開始並不順利，對方以小鎮偏僻，交通不便為由，需多日才能進駐。他們莫名其妙的託詞，讓此活動往後拖延，直到下一波受傷事件再次發生，鄰城的消防單位才願意正視這個問題，派遣人員前來。

這一天，從早到晚，他們在鎮上的街路、住家區域、馬來村落、種植園區和大樹林邊緣展開大規模的噴灑活動。當天，大街上的商店關起大門，封閉街道，人們躲在家裡不外出。濃烈的氣味縈繞著小鎮，街道上冷清清，人們都不做生意，變成一座空城。我和媽媽也待在屋子裡，像被囚在籠子裡。我們關緊門窗，但濃烈且刺鼻的消毒劑氣味依然飄入屋內。我窩在蚊帳中，躲進被褥，還是不可避免地吸進嗆鼻的氣體，猛烈咳嗽，氣喘又犯了。

這困頓的一天，我忽然覺得自己無處可逃。

第六個月 一個交易

這是尋常而普通的一天清晨，媽媽帶我到碼頭魚市場買魚鰾。

霧氣籠罩著小鎮，害我大病一場。這場病折騰著媽媽，雖然暫時壓制下來，但氣喘像顆不定時炸彈，我永遠不知它引爆的時間點。媽媽在我眼中是個女神力，似乎永不被擊垮，經歷挫敗後又很快地站起來。她到處向熟識的人打聽醫治祕方，有人告訴她將魚鰾熬成湯來喝，能補強心肺功能。

我的身體比以前虛弱，失蹤的影子是個頑皮鬼，攫奪我稚齡的體力，不知漫遊到哪裡，還要我汲汲營營追蹤它留下的線索。我暗自覺得它一直在和我玩捉迷藏，我化身為蒙眼的尋找者，在這寬廣浩瀚的天地間尋覓自己的影子。有時候，我明明感應和它靠近了，卻又匆匆逃開。那份奇異的感覺稍縱即逝，似乎永遠也無法和它親近。我曾捫心自問，那影子是否屬於我？抑或我從未擁有它？我拿它沒有辦法，甚至有時在尋找的過程中對它失去耐性。可是，我也慢慢明瞭我和它之間有著無形且不可割捨的關係，這份體認更加深我想尋回它的渴望。我的影子如此調皮，特別的玩意兒總牽引它的興趣。我有股奇妙的感受，這會兒我即將出發前往市集碼頭遊蕩，或許它就藏身在喧騰擁擠的市集人群裡，溜轉著兩眼東張西望呢！

我隨媽媽坐在熱烘烘的四輪驅動車上，行過路人穿梭遊走的大街路。婦女頭頂瓜菜大籃子，一手撐著；老人駝背拖著垃圾袋。他們的方向一致，一路前行，目光鎖定街尾邊緣最為熱鬧混雜的市集碼頭。斑駁粗糙的浮腳屋臃腫地擠成長形隊伍，黑褐色的木板牆像骯髒不愛洗澡的小孩膚色。鋅皮屋頂在陽光照射下閃耀晶亮的光，映在孩童們興奮熱烈的小臉龐上，他們又蹦又跳，踢著漏氣的足球，用力踩扁破爛的鐵罐。我們的車子迅疾而過，將那些被日光曝晒得赤裸裸的人世景象拋擲腦後。

我們遠離了舊街和馬來甘榜，經過右邊的警察局，我的目光遲疑，頻頻回首那棟灰暗的建築物，爸爸什麼時候才能重獲自由，我何時能再見到他呢？我不敢側身看媽媽的表情，屏住呼吸，我輕輕咳嗽，想打開話匣子轉移她的目光，她卻先我一步開口了。媽媽憂心忡忡提起：「唉，不知妳爸好不好？」我默然不語，這也是我心裡的疑問呢！大狗警察還未給予明確的消息，在這段折磨人的日子裡，我們什麼也無法做，只能繼續等待。媽媽每晚都在神壇前求神明庇佑，讓爸爸早日歸來。媽媽踩著油門，車子往前衝，馳騁在通往碼頭海岸的唯一長路。

最初，我聽見紛至沓來如滔滔海浪的混雜聲音。市集附近的路邊停放了許多車子、摩托車和腳踏車，為了等待空位，媽媽將車子繞了數圈，好不容易才有車主開離現場，她迅速駛進去佔據車位。我下了車，馬上撲來一股惡臭的氣息，泥地上有被丟棄的塑膠物品、玻璃瓶、瓶瓶罐罐、腐爛食物等，各種可回收與不可回收的垃圾，我跨過那些隨地散落的垃圾，跑到媽媽身邊，我們手牽手走向小鎮的邊緣地帶。

不論我們走到哪，都擺著不同類型的貨攤。我目眩神迷，眼瞳掠過諸多色彩斑斕的畫面。我的感官飽滿而臃腫，眼眉、雙耳、鼻翼紛紛像嬌豔的花朵旋開、綻放，汲取滋潤的色澤、迴響、氣味。我的情緒高漲，如出籠的鳥雀振翅飛翔，踩在凹凸不平的泥路上，在擁擠的人群和攤位空隙間竄來竄去、鑽進鑽出，驚奇地觀望絡繹不絕的人流和琳琅滿目的物品。這兒的一切都讓我大開眼界，感到無比興奮和有趣。我偶爾趁著爸媽不留意，私自漫遊大街，卻未曾遊逛到此，這裡較偏遠，我沒有太多力氣遊蕩前來。氣喘發作的時候，我只能乖乖待在家裡養病，來到市集碼頭，我才知道自己原本的世界多麼渺小。我的喜悅沒有維持太久，哀傷很快佔據我稚嫩的心靈，悲觀地覺得世界正以我不可預知的方式變化不同的面貌，我永遠也追不上它改變的速度。就像我現在身處喧囂熱鬧的市集中，無從看清我站立的位置，或許潛藏未知的危機，要不是媽媽緊拉著我的手，保護我不受傷害，我可能早已站不穩腳步，被人群推落在地呢！我睜著迷惘茫然的雙眼，不曉得眼前摩肩擦踵的人潮會將我推擠到何處。我腦袋感到暈眩，但雙眼卻不由自主隨著婆娑的人和景物游移。

空氣中飄蕩特殊的氣味，我的鼻子逮著機會嗅聞一場香氣四溢的饗宴。濃烈馥郁的各色香料味，用舌尖舔嘗會有不同味道。除了誘引嗅覺的香料外，還有嗆鼻灼熱唇舌的辣椒籽，充滿刺激性的咖哩粉味，新鮮的蔬果味，也有擺放得有點久、漫溢出一絲腐爛氣息的菜葉味，或過於熟透的瓜果味。生鮮肉的腥臊味，胡椒籽和野菜味，醃製的梅菜葉味，釀製的陳年醇酒和浸泡蠍子蜘蛛的中藥酒味。鹽漬後晒乾、風乾或燻乾的臘味——臘肉、臘鴨、臘腸和臘魚，濃濁的乾魷魚絲、江魚仔和鹹魚腥味。媽媽逐一為我指認物品食材的名稱和味道，我目不暇給，難以機伶地分辨混雜多樣的氣味。市集的攤位主要是兩旁並列蔓延到魚市場那一帶。每個大攤子用鐵支架撐著，披掛起藍色（背面是橘橙色）的帳篷遮蔽暴烈的豔陽。粗繩索綁在歪歪斜斜的鐵柱兩端，垂掛著各類日常用品或乾糧生食。我遊逛市集，每到不同的攤位，映入眼簾的是豐盛繁多的物產用品，令我眼花撩亂。有幾個專賣手工貝殼製品的攤位，在攤子上擺放滿坑滿谷的貝殼裝飾品、貝殼動物造形等，還懸掛著貝殼風鈴，隨著碼頭吹來的灼熱海風發出叮叮噹噹的清脆聲響。形形色色的男女攤販表情誇張，高聲嘶喊叫賣，物品性質相近或類同的攤販不惜降價競爭。「這是他們的生存之道，寧願少賺一點，也不能被同行的人毀掉生計。」媽媽悄聲在我耳邊說。他們以各種美好的說法推銷自己販賣的商品，用盡各種方式招攬顧客的青睞。我看見他們的攤位上販售大小和色彩不一的塑膠桶、華麗的馬來布料、斑斕如彩蝶的印度紗籠、廉價複製圖版的T恤、小盒子裡的假寶石鑽戒和項鍊首飾、梳子、背心汗衫、塑膠雨鞋、藍白拖鞋、面盆、女用鏡子、美麗氣泡的彩虹汽水、外國香菸、圓弧形蚊香等。這些不計其數的物品驚奇極了，像是有股神祕的魔力，緊緊抓住我的視線。

整個市集顯得散亂無章，我宛若置身小迷宮，在你推我擠的人群裡還須隨時留意拚命往市集路上衝撞過來的車輛，這些汽車橫七豎八駕駛著，大量排放骯髒的廢氣。有些蠻橫無理的車主甚至猛按喇叭，催促前方阻擋他前行的路人，卻招惹驚惶閃開的路人一陣謾罵。我的耳邊灌滿討價還價的吵嚷聲，夾雜著馬來話和印度話，我聽不清楚他們在說什麼。地上浸濕過雨水，泥濘處處，腐爛的食物和垃圾摻雜其中，走起路來阻滯重重。媽媽緊牽著我，走在前頭擠開路，我們緩慢前進，迂迴的路徑不時和膚色黧黑、蠟黃各異的男女老幼擦肩碰撞，人群簇擁，有越來越多的趨勢，彷彿鎮上的人都聚攏在這個地方。日光漸漸炙熱起來，耀目的光芒毫無遮掩地曝晒在人們身上，彼此的呼吸在龜速行進中變得混濁起來，我慌亂的雙腳不斷遭到別人任意踩踏，鞋子黏著爛泥巴。我開始覺得有點不好玩了，黏濕濕的感覺讓我渾身不舒服。媽媽在揀選日常物品，要我多忍耐點，我只好繼續耐著性子，追隨媽媽在不同的攤位間徘徊。稀薄汙濁的空氣，使我呼吸微微困窘，我不想破壞媽媽逛市集的樂趣，沒有告訴她我的呼吸不太順暢。對大部分小孩子來說，市集是另類的遊樂天堂呢！比我還小的孩子們不顧大人的注目眼光，有的光裸著上半身，有的穿著黏了汗穢汗漬的白背心，歡樂地在混亂的市集路上到處奔跑，玩起追逐遊戲。婦女們穿著泛黃的舊長袍，戴上素色頭巾，提著菜籃，不時擦拭額頭的汗水，擠在人群和攤位間挑揀日常用品，為三餐菜色忙碌。衣衫襤褸的流浪漢蹣跚穿梭其中，所經之處都惹來人們厭棄的目光和舉止，人們叱罵他，孩子們戲耍他作樂。他伸手向攤販乞討飯食，卻招致嫌惡的對待，還驅趕他。他默默遠離人潮，趨近臭氣熏天的垃圾桶，蒼蠅在周圍嗡嗡飛舞。他從一堆腐壞的爛果菜葉中翻找充飢物，胡亂抓著手中發臭的麵包塞往嘴巴，繼續走回喧譁的市集中，路人紛紛閃避，不敢靠近他一步。

某個售賣草帽、皮鞭和香菸的雜貨攤位響起叫嚷聲。我們回頭望，有位看似凶神惡煞的粗獷男人在和攤販討價還價不果，開始掀起爭戰，相互怒罵起來。那位男顧客在談不攏的情況下猛然扯著男攤販的衣領，掄起拳頭，似乎要開扁他一頓。周遭的人圍聚上來，對他指指點點，有幾個男人迅速拉開兩人之間的距離，旁人試圖勸架，想平息這過火的場面。「會不會做生意啊？這樣的爛東西也敢賣這麼貴！趁火打劫不成！」男顧客仍忿忿不平大聲嚷嚷，絲毫不覺得自己蠻橫的行為已成為眾人圍觀注目的焦點了。

我和媽媽從一個攤位走到另一個攤位，每一張攤販的臉孔長期在陽光曝晒下盡顯黝黑發亮，他們面對顧客時永遠笑盈盈，不厭煩地介紹售賣品，設法和顧客打好關係。只有在顧客遠去，攤位空蕩蕩的時候，我看見他們的面容換上愁苦無奈的真實表情。為了生計，他們忍受風吹日晒，身處熱烘烘的帳篷底下，在攤位枯坐一整天，賺取微薄的收入。他們的視線對上我，從他們的瞳孔透出深沉的無言，彷彿早已向艱苦的現實妥協，他們的眼神表達著不為世事辯解的沉默。我感到萬分驚異，不忍繼續目睹他們憔悴暗淡的目光，我帶著濃重的困惑隨媽媽走向市集深處。

忽然，我們的對面發生了一場衝突。兩個穿著花襯衫和喇叭褲，長相流裡流氣的男子正在騷擾一個女攤販。他們歪斜站立，其中一人舉止輕佻，攬著那個婦女的肩膀，她驚恐地大聲尖叫，引起周遭人們的注目。從攤位後面的暗處突然竄出一抹人影，婦女馬上開口求救，她丈夫聞聲衝過來，將男子放在她肩膀上的手用力甩掉，推開他，擋在他們面前，奮力保護妻子。那男子對這突如其來的推撞沒有防備，重心不穩，差點兒跌落地上。另一男子反推著男攤販，他們憤怒不已，吼叫著：「敢惹老子！我們是來收保護費的！」男攤販直挺起胸膛，冷冷地說：「說得倒好聽！是勒索費吧！」那兩名流氓一聽，怒火不可抑止，立即暴跳如雷，他們把攤子掀翻，貨品紛紛墜落滿地。人群一陣騷動，議論聲不絕，慢慢湧過來，聚在他們四周。攤販的妻子恐懼地喊叫，看著她丈夫和那兩人扭打起來，慌亂不知所措，拚命嚷嚷不要再打了！快停止！眼見形勢一發不可收拾，她害怕得哭起來。

我和媽媽停下腳步，對這混亂的場面瞠目結舌。我耳邊響起雜沓的腳步聲，且越來越大聲，全鎮的喧囂似乎在此地驟然壯大，摻合碼頭邊洶湧的浪濤。我陷入紛擾的情境中，媽媽忽然拉了我一把，我瞬時回過神，眼前的暴力場景讓我腦袋瓜渾沌缺氧，未來得及做出任何反應。周圍的喧騰聲已逐漸平息下來，旁人介入，終於化解了那場紛爭。那兩名流氓不甘願地撂下狠話，跛著腳，抱著挨疼的肚子緩步消失在人群中。男攤販身上和臉龐掛了彩，婦女湊到他身邊，攙扶他坐在躺椅上，拿跌打藥油替他消除額頭上的腫塊和背上的瘀傷。「快走吧！我們買了魚鰾就趕緊回家！」媽媽拉著我，快步走往魚市場方向。我邊走邊回頭，看見男攤販唉唉叫地癱在躺椅上歇息，他的妻子神情沉重，默默撿拾地上沾了泥巴的貨品，用破布拭淨它。圍聚的人漸漸散開，繼續在攤子之間遊逛，有的婦女仍流連那兒，七嘴八舌出主意並議論不休，市集又恢復嘈雜的情景。

我沉浸在剛才的紛爭裡，由媽媽牽拖著在市集中繞來繞去。惡臭的魚腥味喚回我的思緒，我抬頭望，發現我們已走進魚市場。人群魚貫流動，穿梭在魚攤間。整座魚市場盈滿群飛的蒼蠅，停留在各類魚軀上，在攤位和空氣中飛旋，我呼吸著周圍混濁的惡臭氣味，有股怪異的感覺，好像我和蒼蠅共享腥臭的魚蝦似的。媽媽逗留在不同的攤位，詢問魚販，周旋於幾家魚攤間挑選新鮮的魚鰾。我尾隨在媽媽背後，眼睛盯視跳動的魚身，甩動著魚尾，被宰殺前仍活蹦亂跳的。無數翻白眼的死魚和奄奄一息的魚與我對視，微啓的口在我瞳孔裡頻頻張合，像是在對我叨叨絮絮控訴人們殘忍的殺戮。塑膠桶裝著不停跳躍、掃動尾巴的魚，發出碰擊的聲響，我不太敢走近探看，恐怕牠突然跳出來。這裡有許多我叫不出名字的大魚小魚，顏色變化也多，有紅、白、藍、灰、黃色等；新鮮的大螃蟹和大蝦，以及我從未見過的特別海鮮。雖然到處飄散濃濁的臭味，卻沒有消減我高昂的興致，我取得媽媽的允許後，雀躍萬分在魚市場遊走徘徊。

我越過如波浪般忽大忽小的魚販叫賣聲，走到邊緣地帶，站在碼頭岸邊，面朝大海。晌午的陽光毒辣，普照在海面上，炙炎的熱氣氤氳在海水和空氣間，海上的景緻彷彿浮動著一層蒸氣。靠岸邊的海面漂蕩五顏六色的塑膠袋和垃圾，枯幹枝葉沉在水中，散發難耐的濃烈臭味。我抬頭眺望，遠處海面上搖曳零星的漁船，漁夫在撒網捕魚，海水色澤變化大，越往深處，海的顏色由藍綠轉暗綠，隱約瞧見一撮又一撮的浮游生物漂流在水面上，浪花一波接一波掀翻湧起，拍打著堤岸，在半空中捲起白色泡沫。一群非法外勞圍聚著，蹲坐在岸邊，嘀嘀咕咕講著我聽不懂的話。隨處可見到這群沒有身分證、時常在小鎮遊蕩的幽靈人口，他們擁有神出鬼沒的本領，且無所不在。他們說話的速度快速流暢，表情隨著話題而變化，黧黑的膚色使他們的臉孔五官變得相似。他們擁有一張張模糊的臉，我只要轉身走開，便幾乎記不清他們的樣子。離碼頭不遠處的海面浮蕩著水上奎籠。媽媽曾說，那群住在簡陋的水上木屋的人，很早的時候，他們的祖先從爪哇渡海遷徙過來。不知何時開始，他們已住在水上的奎籠裡，生活中的吃喝拉撒都在那裡完成，每日行走在木板和木板之間，他們想必習以為常了。他們長期住在水上，久而久之雙腳退化，長出了蛙足，再也不踏入地面了。他們躲在水上的木屋裡，藏身在窗戶後，閃動著一雙鬼魅奇異的眼睛，默默注視著我們，像一抹飄游在黑暗中的幽魂。

有艘漁船靠碼頭了，漁夫佇在船頭前大聲呼喊，幾個黑凜凜的男子疾奔過來，漁夫下了船，拴牢繩索，停擺船。那幾個壯漢不約而同大聲吆喝著，奮力抬起大魚網，步伐沉重地緩慢拖上岸。肥魚群困在網中拚命掙扎，離水後仍活蹦亂跳，飄散濃濃的腥味。碼頭岸邊熱鬧喧騰，熙來攘往的人潮搞昏我的腦袋。漁夫和魚販的助手忙著宰殺剛從海上捕來的新鮮魚蝦，他們將大魚用力甩在木板上，以俐落熟稔的刀法切割魚肚。我看見有兩個身材精瘦的男人吃力地抓住一條不停掙扎的大魚，用長木棍橫過秤磅，掛起魚軀，搬抬起來秤重量，再賣給站在旁邊等候的婦人。我徘徊在奔忙混亂的碼頭，伸長脖子張望他們各種捕殺的行為，頓時覺得自己置身在一個充斥著血腥和惡臭的世界。我或站或蹲地凝視他們攫奪一條生命的過程，想到一切皆無能為力，意識到自己似乎也是噬蝕牠們的禍首，我悶著氣感到快快不樂。忽然，我覺得前方的視線一暗，我恍惚抬眼看，有個粗魯的男子對我大聲嚷罵，叫我滾開點，別妨礙他做事！我嚇了一跳，匆忙跳開，離他遠一點。倏地，他拿起尖銳的大刀準確無誤地割破魚肚，露出花白的魚肉內層，鮮紅的血噴灑飛出，濺到那男子的衣衫上，他不以為意，繼續處理那條魚。我突然被噁心的氣味嗆著，咳了幾聲，泛起欲嘔的感覺，我馬上逃離現場，穿越魚攤和人群，不停跑著，直到我沒力氣了才停下來。

我拚命喘氣，氣息平順許多後，才發現自己離開了魚市場碼頭，又走回先前的市集。

嘈雜聲依然縈繞耳邊，我的耳膜嗡嗡振動，有點彷徨和無助，我站在原地徘徊，想尋找媽媽，她可能還逗留在魚市場，我必須走往魚市場的路，才能找到她。我忘記要如何走回魚市場，猶豫著前進哪條路比較好，忽然覺得自己身在一個看似熟悉，實際上卻陌生的環境裡，周遭的一切景物如此疏離，我不認識任何一位與我擦肩而過的男女老幼，他們的臉孔多麼生疏而漠然。我像是短暫遨遊在這個幽黯國度的幽魂，始終找不到真正的出口。

突然，視線不遠處出現一隻醜陋的小動物。我勾起濃濃的好奇心，瞪大眼睛，驚異地凝視這隻不知名的古怪玩意兒。牠約有七吋長，灰褐色的瘦長身軀散布藍色的小斑點，看起來像條小魚，可是我又不太肯定，魚兒不是該在水中游嗎？怎麼跑來陸地呢？牠可能是魚，或許不是，只是長得像魚罷了。我對牠的興趣更加強烈了。如果牠真的是魚，那似乎不像一般常見的魚。哇，牠走起路來了，我奔上前去，越過湧向我的路人，想看得更清楚些。我難以置信，揉了揉眼，緊盯著牠，我發現牠在泥地上行走時，是使用前肢，噢不，應該說是用牠一對粗短的胸鰭「走路」呢，就如雙足殘廢的人用拐杖一樣，真是讓我大開眼界，這是一條會走路的魚啊！為何人們都沒有發現這條神奇的魚？大家都跨過牠繼續前行，不會踩到牠。難道只有我發現牠嗎？我湊近牠，看見一雙潛望鏡式的眼珠子亮溜溜轉啊轉，沒有眼瞼，但眼球卻如人的眼睛般扁平。我正想用手去抓牠時，牠卻彈跳前進，像隻青蛙，不一會兒就跳躍到前方。接著不知從何處又彈跳出幾條和牠相似，但比較短小的魚，牠們的身上是橙色小斑點。我跟上去，牠們迅速躍入市集中的某團泥濘，不見了蹤影，彷彿牠們從未現身似的。我搞混了，難道花了眼，這是幻覺嗎？

太奇怪了！我敲敲小腦袋瓜，捏捏小臉蛋，會痛！不可能是我的幻覺啊！我猛然抬頭，不曉得來到市集的哪個角落，相似的攤位和人潮，就和我先前溜逛的地方差不多一樣。

我迷路了。

我走來走去都找不對通往碼頭的路，媽媽一定擔憂我。我走得累了，有點想放棄。日光微暗，烏雲籠罩天空。前面攤位坐了一個老婦人，她瞇著眼對我微笑，朝我揮揮手，我不由自主走向她。那個老婦人蓬頭亂髮，整張臉都是皺紋，尖挺的鼻，薄嘴唇唸唸有詞。她全身上下散發神祕叵測的氣息，吸引我的目光，尤其是她像鷹眼般的菱形眼睛，閃爍著犀利的目光，彷彿可以看透人心。她穿著黑藍色的長袍端坐在攤位後的矮凳上。她的攤位賣的貨品和其他攤位不太一樣，寶藍色大桌布上擺放著各類稀奇古怪的物品，有酷似人體形貌的木雕偶像、白頭黑身的犀鳥木雕像、逼真豐翼的鷹木雕像、雨鳥木雕像、食蜂鳥木雕像、紅頭蛇木雕像、鹿頭木雕像、嶙峋的獸骨、五彩繽紛的羽毛、長白羽毛、火雞的羽毛、精緻雕紋的小刀子。另一張黑色大桌布上散放種類繁多的樹枝根莖，在炙熱的陽光曝晒下隱約散發濃濁且潮濕的樹葉氣味，還有像貓眼般奇詭形狀的晶亮珠子，色澤耀目的琉璃珠，綴有精細刻紋的透明鏡子。我睜大圓滾的雙目，眨也不眨地盯視這些特殊的物品。

直到我重新把目光放在她身上，才發現她早已靜靜打量我許久。我感到一絲羞赧和慌亂，她彎彎的眼眉透出詭譎的神色。我朝她點點頭，想藉機離開，她卻伸出枯瘦、青筋突起的手，喚我坐下。我才恍然留意到攤位旁還放了一張矮凳，我默默坐下，回視她。

「妳一個人？」她問，回報我淺淺的笑。

「不是。」我囁嚅地小聲說。

「那和誰一起來？」

「我媽媽。」

「那她人呢？」

「我不知道。」

「妳迷路了？」

「我要找我媽媽。」

「妳媽媽去了哪裡？」

「我不知道。我們原本在魚市場，她可能還在那裡。」

「妳爸爸呢？」

「他出事了。」提到爸爸，我的心情忽然低落起來。

「出了什麼事？」她用疑惑的目光凝視我，拿了顆晶瑩剔透的琉璃珠放在我手掌中。

「這給妳。」她神祕微笑著，「這是一顆經過賜福的琉璃珠，它和人類同樣的古老，有祈禱者的涵義。」

我被她奇異的笑容迷惑住了，不自覺伸出手接收它。我緊盯著手掌裡的琉璃珠，只覺有股冰涼從掌心散開。我高舉起它，好奇端詳它奪目的光彩，眼眸映出熠熠光輝。我透過澄澈圓滑的珠子望去的市集，彷彿蒙上一層綺麗迷濛的光澤。

「妳爸爸出了什麼事？」我著迷於這顆珠子，她又問了一次。

「爸爸被警察抓走了。」我聲如蚊蚋。

「他被關起來了？」

「媽媽說爸爸只是暫時被拘留。」我緊握著手中的琉璃珠，談到爸爸的事就覺得心刺痛起來。

老婦人收斂起笑靨，默默低吟，苦思良久，又注視我好一會兒，用一雙蒼老的眼睛環顧人潮洶湧的市集。

「妳想救他嗎？」她忽然問道。

我抬眼望著她，不解她為何這麼問，我默默答不出話。

「我們來進行一個交易。」

我流露迷惑的表情，靜靜望著她，等待她說明。

她牽動了嘴角，那張布滿皺紋的臉顯得更加蒼老，見我疑慮的面容，她緩緩繼續說下去。

「妳希望妳爸爸獲釋吧？現在我這裡有個交易，妳答應且信守承諾的話，我能拯救他。」

「真的嗎？」她的這番話使我詫異不已。

她的眼眸黯淡下來，瞳孔蒙上一層黑暗的陰影，俯身湊近我，略壓低嗓音：「妳有聽過以物易物嗎？」

我搖搖頭。

「市集裡曾經盛行一種物物交換的方式，用一物換取另一物，人們彼此獲得想要的物品。」

我圓睜著雙眼，眨也不眨瞪視她。

「妳身上有什麼值錢的物品嗎？」她挨近我，似乎感覺到她的鼻息，嚇了我一跳，我往後彈開了些，拍撫胸口。

「沒有。」我嘆氣，搖搖頭。

她狐疑端視我，瞧了許久，最後像是靈光乍現般，露出恍悟的表情，神祕地瞇眼輕笑：「妳有一樣珍貴的物品。」

我眼睛睜得更大更圓了。

「妳的靈魂。」

「我的靈魂？」我重複她的話。

「對。妳把妳的靈魂賣給我，我可以救妳爸爸。」

我不可置信地望著她。我以為自己聽錯了，傻楞楞注視她沒有溫度的眼睛。我的靈魂真的能救爸爸嗎？我困惑極了，眼前的這位老婦人提出一件不可思議的事，我不曉得自己該如何反應，該做出什麼選擇，我有點害怕和無助，我怎麼會讓自己陷入一個難以預料的處境中，誰能幫幫我？

我想起媽媽。妳到底在哪呢？我環視四周，全是陌生的人群，周遭響起的喧雜聲掩蓋我狂亂怦動的心跳聲。

我凝視她閃著冷光的眼眸和枯瘦的臉龐，突然泛起莫名的恐懼。我顫抖著身子站起來，倏地整個世界黯淡起來，我感到天旋地轉，步履不穩地從矮凳上跌坐在地。我竭力爬起來，雙腳一陣麻痺，又跌回去，再爬起來。我感到身上蒙上一層暗影，仰頭一看，那婦人用奇異的眼光探向我，我嚇壞了，連滾帶爬地逃離她的攤位，衝進擁擠的人潮中。

有個神色匆忙的男子從某處奔奔撞撞而來。「打搶，快抓人啊！」隨後有人邊呼喊，邊朝市集方向狂跑過來。人群在這一刻起了騷動，眾人慌亂地探頭探腦，搜尋偷竊者的蹤影。人潮擠成一團，有些人到處亂竄，有些人還搞不清楚狀況，呆滯原地。有人在奔跑中推撞到別人，怒罵聲和哀叫聲四起，現場一陣混亂。我被人推落在地，泥土弄髒了手掌和衣服。恍惚中，我聽見一聲聲熟悉的呼喚，是媽媽！我忍著疼痛，勉強爬起身，神情焦灼地環顧周圍的人群，大聲呼喊她，不停搜索媽媽的身影。

終於，我在附近攤位看見她。我追上去，她也發現我。她朝我奔來，緊緊抱住我：「小舞，妳到底跑去哪了？」我瞥見她擔憂的臉和深蹙的眉頭。我嚇哭了，托住她的臂膀，啜泣著：

「媽媽！」

我們回到家時，已是下午時分。午後的天空灰濛濛，陽光已躲進烏雲裡，似乎快下雨了。

但是，大雨卻未傾盆而降。

幾天後，我喝著媽媽為我熬煮的魚鰾湯，有股悶氣憋在胸口，一直憂心忡忡。我凝視碗裡肉白透黃的魚鰾，聯想到那天在市集的經歷，憶起那位提出交易的老婦人。我把這件事告訴媽媽，她不相信，覺得我胡說八道，認為我在撒謊欺騙她，生氣我到處亂跑導致迷路，害她白擔心一場，將我狠狠毒打了一頓。我百口莫辯，萌生賭氣的心態，暗自打算不再和媽媽說心事了。

我開始認真思索這件出售靈魂的事。它超出我能理解的範圍，也不是我愚拙的小腦袋足以解決的。如果哥哥在我身邊就好了，他總能給我力量，也許還能幫我想想辦法，理出頭緒。這抹始終跟隨我四處遊蕩的靈魂，沒有了它會怎麼樣呢？我難以想像沒有魂魄的軀殼會如何行屍走肉，但是我必須救爸爸。

我只能靠自己了。

於是，我決定再去市集，向那老婦人問清楚這個交易的真實性。我等到媽媽再次前往市集的時機，央求她帶我去。起初，有了上次迷路的紀錄，她不願攜我同遊市集。我請求了不少時間，找了個藉口，她終於首肯，破例帶我去，臨行前還不忘再次叮囑我一定要緊守她身邊，不能私自隨處蹓躂。我攜帶上回在市集那位神祕的老婦人贈予的琉璃珠，打算見著她時出示它，以喚起她對那次談話的記憶。

我們抵達市集碼頭附近時，車子和摩托車隨意停駛，到處擠得水洩不通。豔陽高照，將每個人的皮膚曝曬得紅彤彤。媽媽緊牽著我，奮力擠進人群，尋找通往各攤位的小路。我苦苦哀求媽媽尋找那位老婦人的攤位，趁機搪塞可以治我氣喘的理由，說服她帶我去那個攤位買物品。我依循印象中的路徑和方向，同媽媽在壅塞的市集裡繞了好幾圈冤枉路，卻始終找不到那個奇異的攤位。天氣真的太熱了，找了一陣子，我們已經汗流浹背，媽媽受不了，勸我打退堂鼓，她甚至懷疑我是在編織一個謊言來唬弄她。我氣鼓鼓，覺得媽媽不信任我。我堅持再逗留多一會兒，媽媽拗不過我的要求，答應了我。她逕自前往魚市場採買新鮮的魚蝦，留我繼續尋找那位老婦人，之後再同她會合。

我在市集遊走了好一陣子，始終遍尋不獲老婦人的身影，她像是憑空消失似的，難道這一切都只是我的幻覺？算了吧！什麼用靈魂來換取爸爸的自由，全都是那個莫名其妙的老婦人瞞騙我的伎倆，她只不過是想戲耍我這小孩子，想以此為樂！我天真地相信她所編織的謊言，傻楞楞把它放在心上且為此懊惱，到頭來依然救不了爸爸，我真是太愚蠢了！身為一個什麼都不懂的孩子，活該被大人騙！

我宛若丟失魂魄般落寞走著，迷迷糊糊又來到魚市場的岸邊。日光傾斜，我佇立在海岸邊緣，遠遠眺望波光蕩漾的海面上浮浮沉沉的漁船。我摸了摸鼓起的口袋，取出琉璃珠隨意把玩，腦海中迴盪老婦人的聲音——琉璃珠和人類同樣的古老，有祈禱者的意思喔。我默默凝視這顆琉璃珠，隱約覺得珠心像極一隻迷幻的眼珠，我恍惚被拽進悠遠的往昔時光——古老的琉璃珠相傳是在史前時期由西巴人從印度引進來。我迷茫瞭望眼前無邊無際的大海，或比大海更遙遠的境域，那些我視線無法觸及的世界，都像是個巨大的謎團。時間將我和遠古時代劃開了一條深長的鴻溝。如果時間倒退至更早的年月，或許在這同樣的碼頭海岸，有這麼一條古老的水路，無數隻商船和小舟從大海的另一端，在日月和風的指引下航行到這片迷人的蠻荒叢林之境，抵達這座喧囂的古老碼頭。從世界不同地方上岸的東西方商人用陶甕、絲和琉璃珠等換取燕窩、鳥類頭骨等物品。如今在我看來，這種以物易物的交易方式已徹底散失了原始的作用，老婦人和她提出的交易只不過是一場幻影。我收回視線，濃濃的失落蒙蔽了我的雙眸，遼闊的海面罩上一層薄薄的迷霧，讓我暫時看不清海上的波光掠影。我握了握手中的琉璃珠，然後放開，我突然感到掌心上的琉璃珠失去了絢爛的光澤，此刻變得暗淡無光。

第七個月　園荒

大雨一連下了數天才停。

自從媽媽頻繁尋求大狗先生的協助後，過了一陣子，爸爸終於從拘留所獲釋出來。他回家的時刻，正逢年底雨季來臨，豐沛的雨水像是要把整年的炙熱沖刷消釋般，也洗滌了爸爸身上的穢氣。

我和爸媽困守在矮山丘的屋子裡，通往大街上的唯一緩坡路，滾滾滔水從天降，猛烈地流瀉到坡底。雨後的坡路遍地泥濘。那數日，嘩啦啦的雨水從屋頂漏進來，我們像過去的雨天一樣，慌忙從廚房的櫥櫃搜刮出杯碗瓢盆，只要是可以盛水的器皿都派上用場，放置在破漏的房子各處或天花板底下，拿來接水。整個小鎮浸泡在洪流之中。

好些天，大雨才暫歇，鎮上到處濕漉漉，煥發全新的光輝。如此好天光，我又興起漫遊的念頭，於是，悄悄地，趁著爸媽在店裡忙事，我又蹓躂出街了。這天，直到臨近黃昏，我才從樹林區遊蕩回來。媽媽見我這麼晚才回家，又氣又急，臭罵我一頓。她狠狠教訓我，最後撂下句話：「上次的事還沒得到教訓嗎？如果再陷入險境的話，就沒有這麼幸運了！」那次，我追隨蘇瑪闖入樹林迷路的事，使她氣壞了，對我大吼大叫，還罰我面壁思過。這會兒，我又全忘啦，都怪我那雙總愛四處蹓躂遊逛的腳丫子，停不下步伐呢！

然而這一次，我真的踢到鐵板了。

凌晨時分，我高燒不退，全身盜汗，躺在床上抽搐顫抖。媽媽起身撇尿，夜巡我房，察覺我臉頰通紅，身體忽冷忽熱，無意識地喃喃自語。她喚醒爸爸，帶著我夜探王醫生的住家。爸媽大肆煩擾王醫生，最後，他心不甘情不願地為我看診，開給我一些治療瘧疾的藥。

清晨，我躺在床上，媽媽餵我苦藥和清粥，爸爸一大早去看店。她坐在床沿，一張肅容潛藏著怒氣，我自知理虧，吶吶地開口：「媽，對不起，我知道錯了。」我瞅她一眼，見她仍沉默不語，向她許諾著：「我下次不敢了，不會再溜去樹林裡，還生了病……」她這才仰臉望著我，緩緩說：「妳這孩子，要是有妳哥看著妳，就不會這樣到處亂跑了，哥哥很少回來，妳一定寂寞吧？」我低垂下頭，不願讓她看見我微微紅了眼眶。為了化解這無言的氛圍，她開始向我敘述鎮上最近發生的事。幾天前，兩名警察抓蘇瑪到警局問話。「為何帶走她？」我訝異不解。「聽說和她丈夫有關，警方說殺害周老闆的兇手是她丈夫，四處在通緝他，他為了逃難，就拋下蘇瑪一個人！」媽媽說，她丈夫殺了人落跑了，不知去向，那些警察為了交差，只好先抓走蘇瑪，向她逼供他的下落，拖延案情。「她丈夫為何要殺了周老闆？」「唉，聽說周老闆欠了他一大筆工資，想賴帳！他憤怒之下殺了他！」我閃爍著迷惑的目光，似懂非懂地，「那她出來了嗎？」「放出來了！瘸了條腿，走起路來一拐一拐，怪可憐的！」媽媽越往下說，神情越顯激憤，一股腦兒將鎮上人們私下談論和揣測的說法全向我敘述一遍，甚至開始怒罵那群員警是怎麼殘暴對待蘇瑪的。我傻楞楞聽著這些不可思議的事，插不了嘴。話畢，她也氣消了，迅速恢復平日淡漠的神色。用完膳，媽媽囑咐我多休息，她自個兒離開房間去做事。我昏沉沉躺著，腦海中無法完整拼湊出蘇瑪的面容和身影，揮之不散的是那隻引我入林，一路跟隨我瘸行的野狗。

我躺了一個上午，晌午時分，氣溫逐漸回升，溽熱的氣息重新回到空氣中。我爬下床，活絡僵硬的筋骨，那天過度遊走招致的後遺症，撩得我全身關節筋骨痠痛不堪，每走一小步，我就哀悽叫起來。過了一會兒，我慢慢習慣這種隱隱的疼痛，踮著腳走出房間。我繞了屋子一圈，不見媽媽的蹤影，我恍惚想起這幾天暴烈的大雨，媽媽心急如焚的臉龐縈繞我心頭。

我鑽出屋子，來到戶外的空地，朝花園走去。陽光大剌剌灑落地面，空氣蘊含的水氣瞬間消散。當初爸爸買下這塊大坡地，築起房子，搭建烘爐廠和小辦公室，還留有餘裕的空地。這荒涼的小鎮沒有什麼休閒娛樂，媽媽除了協助爸爸生意上的事務和料理家事外，生活極其苦悶。爸爸見她日漸消瘦，為了討她歡心，召來外勞工人，耗上數個日夜，大刀闊斧地開墾那片野草叢生的空地，讓媽媽栽種花樹，消磨平淡無聊的日常時光。這些年來，媽媽耗費心力和時間種植熱帶花卉和草木，像是悉心照顧一個孩子。

走進花園，我嗅到濃重的腐爛氣味，沉浸在渾濁水氣中的詭異味道。難聞的氣息凝滯在空氣裡，雲霧稀薄，朝氣十足的陽光穿透蓊茸的樹葉枝椏，灑照在園子裡，我踩過小徑，地面沁涼的氣息竄入腳底，扎得我筋骨微微刺痛。小徑水窪處處，我稍不留心一腳踩進水窪，水光嘩啦濺濕我的腳踝，地面有些部分濕漉漉，另一些路徑在陽光照射下晾乾了。我從駁雜的枝葉空隙看見媽媽的背影，走上前，來到她身旁，她背對著我蹲在天然的圍籬邊。那道自然延長的圍籬是繁密的灌木叢和藤蔓環繞起的屏障，偶爾有野外的小動物自由進出小花園，前來覓食。她好像沒有留意到我，依舊背對我，低下頭仔細檢查手中的葉片。她薄細的黑髮吸引我的目光，趕著潮流特意燙過的卷髮硬生生冒出幾根銀白色髮絲。她瘦削的肩膀在衣裳的遮蔽下隱約勾畫出細緻的線條。媽媽的背影看起來陌生而難以辨識。

「媽。」

我輕聲喚她，沒有反應。我再喚一次。她才緩緩回過頭看我。她眼底閃過一抹恍惚的神情，瞧見是我，馬上露出微慍的臉色。

「怎麼來這？不是叫妳乖乖休息嗎？」

「房間有點悶，想出來透透氣。」我小聲說。

「有沒有好點？」

我點頭含糊應聲。媽媽不再追問，轉身繼續檢視那些過度被雨水泡濕的花樹。

我好奇媽媽的舉動，精力一點一滴回到身上，我跟著蹲下來，兩眼骨碌碌依循媽媽的視線，盯著她手中斑駁腐爛的葉片。她嘗試扶正彎了腰的指甲花莖，只要放開手，花莖就病懨懨垂落下來。粉紅色澤的指甲花葉經過風雨摧殘，飄落在泥土上。我撿拾滿地的殘花，湊近鼻子嗅聞，有股殘餘的芳香和腐臭味，刺激我的嗅覺。

媽媽轉移視線，站起身，抬起頭環顧整片花園。我揮落手中的殘花，拍拍衣褲上的泥屑，也站了起來，順著她的目光，凝視這慘不忍睹的景象。原本繁茂的灌木叢和藤蔓在風雨的侵襲下被徹底破壞，變成張牙舞爪、相互纏鬥的兩隻困獸。蔓生的枝椏光禿禿，東倒西歪，有些小花樹還連根拔起，枝葉上的露珠在陽光照耀下閃爍著晶瑩的亮光。雨水的濕潤使野草和攀緣植物像寄生蟲似的，隨處蔓延到其他熱帶植物和花樹的枝幹上，纏繞交織成奇異的畫面和無從辨識的圖騰。

一株株熱帶的蘭花蕉也在風雨摧折下敗下陣來，露出斑駁點點的唇瓣和花瓣，原本斑爛的花姿瞬間失去了光彩。獨特的蘭花蕉不同於一般花卉會沁出芬芳滿溢的花香氣味，反而散發類似糞便的味道，能吸引糞金龜前來傳粉。經過大雨的浸泡後，這股惡臭難聞的氣味不可抑制地蔓延園內，我摀住鼻子，想試圖遮掩，濃濁的氣息仍折磨我靈敏的嗅覺，我只好放棄。蘭花叢中隱藏著幾株造型奇特的白環豬籠草。瘦長的白環豬籠草葉尖吊掛著一個「籠子」，好奇心盈滿我的腦袋，催促我湊前探向那些豬籠草，奇異且濃烈的腐臭氣味馬上撲鼻而來，我捏著鼻子，瞥見「籠子」裡灌滿雨水，顯得臃脹肥大，好幾隻小昆蟲浮屍在透明且黏稠的汁液上，作為豬籠草腐亡的見證者。附近的鴿石斛、蘿藦科毬蘭、紫紋蝴蝶蘭等花卉也無法倖免，原本美麗的花瓣早已七零八落散布在地面和小徑，形成五彩繽紛的花色。我著迷於那些美麗的色澤，邊走邊蹲下，搜尋得我心的花朵，撿拾它放在手掌心。看著掌心上殘敗的花朵，我憶起如蘭花般模樣的蘭花螳螂。牠的體色與蘭花的顏色相近，且其胸腹，甚至胸足、腹足都演化成花瓣的形態，如此難以想像的偽裝，使牠輕易地潛藏在蘭花叢中，當時如果我稍不留意，可能還無法辨認出牠呢！我常常可以在花園裡發現許多意外的驚喜，不單有蘭花螳螂，我還曾發現偽裝成葉子或樹皮的螳螂，甚至是一種枯木螳螂，牠一身暗褐色斑紋像極樹林裡的枯木枝，簡直達到出神入化的境界。

還不止如此，花園裡種植的花卉植株莫名地受到蝴蝶的青睞。午後日光微溫的時候，色澤斑斕的美麗蝴蝶撲撲薄翼，從遠處飛湧過來，在花卉叢中飛舞旋繞。我在花園裡遊樂久了，也漸漸記得許多蝴蝶的名稱，經常飛來花叢間的有孔雀燕子尾蝴蝶、海蓮納裳鳳蝶、金裳鳳蝶、蛺蝶科蝴蝶……但我卻獨鍾愛紅領巾鳥翼蝶，牠有美麗修長的尖翅，身上呈深黑絨色，金綠色斑點組成的曲帶橫穿過翅膀，每一個小綠斑像一小片三角羽毛，整齊地排列在黑絲絨布上。蝶身有條櫻紅色寬頸帶，後翅外緣上點綴著細小的白斑。牠在花叢上方飛舞時，會輕輕振動帶有螢光綠斑紋的翅膀，在芳香滿溢的花園裡撲飛的頃刻間，就好似一個煥發著金綠色光芒的精靈，多麼地光彩奪目！偶爾，如果我夠幸運的話，還能親眼看見從遠處掠過花樹，或停棲在樹梢尖端一會兒又順著晴風飛颺而去的鳥兒，可能是華萊士蒼鷹、犀鳥、寬嘴鳥、巨嘴鳥及一些我無法分辨的不知名群鳥。如今，這一切生氣盎然的景象早已不復在，只徒留頹敗的殘局。我感到無比哀傷，曾經，我把這座花園當成是我的一座樂園；現在，我心中的樂園慢慢崩毀了……

我穿梭在駁雜混亂的花園小徑上，身上沾染濃重的濕氣和淡淡的花葉腐臭味，彷彿難聞的餿水味。刺鼻的氣味讓我微微暈眩，我從花叢中起身，站穩步伐，走回媽媽的身邊。她哭喪著臉，眉頭深鎖，肅立不動，不知她心裡在盤算什麼。

「媽，怎麼會這樣？」我茫然。

「大雨超乎我們的想像。」

她收斂起愁容，緊繃的臉部線條緩緩舒展開來。她分外鎮靜和清醒，越是流露這樣的表情，我越感到無所適從，此刻的她不像平日我熟悉且溫熱的媽媽。我牢牢記得如此抽離的神情，是有一次，我忘記當時在談論什麼話題，媽媽忽然追憶起我未曾謀面的小哥哥。她生產時陣痛難當，遭受數小時的折磨後才生下小哥哥。她在昏厥前只看了小嬰孩一眼。那短暫一瞥，深刻烙印她腦際，他微小的身體和四肢蜷縮成球狀，臉和全身肌膚呈黑紫色，神態痛楚地扭曲擠壓。她不敢置信眼前如老人臉孔的男嬰，是自己懷胎九個月的親生骨肉。直到她清醒過來後，已是天黑時刻。她從爸爸悲愴的臉孔察覺不妙，他要她做好心理準備，然後娓娓道出男嬰在母體內嚴重缺氧，出生不久就氣絕身亡的噩耗。她哭倒在爸爸的懷裡，那令人震懾的感覺彷彿有人自體內狠狠抽離她的靈魂般，沒有任何言語能表述她複雜的情緒。如今，她輕描淡寫對我述說夭折的小哥哥，像在講述一個久遠的故事。雖然我還有個哥哥，但小哥哥的消逝對我來說，仍然奇異地存在著，不曾輕易磨滅。我不曉得該如何面對那陌生如空氣，卻擁有相同血緣的人，即使他早已不存在於這個世界，我仍然倍感困窘。我甚至無法拼湊他的模樣，只能從媽媽簡單而模糊的描繪去勾勒想像中的小哥哥。

「孩子，老天喜歡考驗人們的耐性，我們只有兩條路，不是放棄就是抗爭到底。」她瞇著兩眼，閃耀的目光聚焦在遠方某個點，靜靜凝視那未知的一切。「來吧！我們重新整修吧！」我看著她稜角分明的臉，顴骨突出，尖細的下巴使臉龐單薄許多，在那瞬間，露出淺顯的笑靨。

媽媽的話，使我重新振作起來，再次懷抱希望，沒錯，我要努力重建這座樂園，不能就這麼放棄！我們相視而笑，開始著手勞動起來。媽媽怕我的病尚未完全痊癒，不宜太勞累，派遣簡單的拔草任務給我。我蹲下來，拔起腳邊的野草，過於頑強的蠻草叢就必須使用巴冷刀割除。為了保護脆弱的植株不遭受波及摧折，大部分野草都須親自拔除剔淨。遍地的草叢整理起來是個龐大的工程，過了一會兒，我就略感疲累，膝關節泛起痠疼。媽媽挽起短衣袖，露出兩隻赤條條、紅褐膚色的手臂。長年曝晒在陽光底下，粒粒褐色斑點綴在她臂膀上。她戴著手套，舉起長刀斬斷糾纏難辨的藤蔓和攀緣植物，殘缺的枝條紛紛掉落一地。媽媽的背影看起來莫名巨大，閃爍的光粒子調皮地在她臉龐和指尖蹓躂，順著涔涔滑落的汗水反覆游移。

花園受破壞的情況比想像中嚴重，隨著時間流逝，我們在修繕的過程裡遭受不少阻礙，繁密又雜亂無章的花叢草木無法在短時間內恢復原貌。直到太陽傾斜，天黑的時候，我們已經汗濕衣裳，卻只修復花園的冰山一角。散落的枯枝殘葉堆聚成小丘，待日後焚燒。

她仰望暗濛濛的天色，倏地，成群的烏鴉從漆黑的雲端飛竄而出，咿咿呀呀的聲響由遠而近，振翅撲向天際。媽媽喚我：「小舞，別忙了，快去洗澡，準備吃晚餐。」她收回視線，將手中的細枝條拋擲在殘葉堆上，然後拍拍衣褲上的碎葉屑，脫去手套，離開花園，我追隨她鑽進屋子裡。

我花了一點時間，洗淨全身的泥垢。洗好後，精神也清爽許多。我跑去廚房找媽媽，她忙碌地張羅我們三口的飯菜，來不及多作休息。我陪在她身旁，有時幫忙拿碗盤，講起學校發生的趣事和一些雞毛蒜皮的小事。她烹煮好晚餐，我們擺上桌時，天色早已暗黑不見底，像不動聲色藏伏且善於偽裝的蝙蝠。我們坐在飯桌前等爸爸回來，等了很久他卻沒有出現。累了一個下午，我飢腸轆轆，魂不守舍地扭動身子，無法安分坐在椅子上。我盯著桌上的飯菜，不自覺吞嚥口水，此刻肚子不爭氣地咕嚕叫著。

「不等了！我們先吃吧！」媽媽忽然說道。我不好意思地吐舌頭，默默拿起筷子，拚命往碗裡夾飯菜，不顧形象吃起來。

晚飯過後，我們無所事事地坐在客廳裡。直到車子爬越過上坡路，車輪滾動磨擦路面沙土的聲響呼嘯傳來，我耳尖地立刻從椅子上跳起來。「爸爸回來了！」我喊出聲，迅速奔到屋子門口，兩眼張望屋外的烏天黑地。爸爸疾駛著車子閃現在上坡路口，從暗黑的夜色中衝撞而來，轟隆隆停駛在屋前空地。車照燈在熄滅前閃爍照耀著斑駁的屋牆和簡陋的客廳陳設，也一併照亮坐在廳內等待的媽媽，她臉上的輪廓和五官在光影中忽明忽暗，顯得蒼白無血色。我見爸爸從車內鑽出，馬上轉身奔回屋子裡，躲在昏暗的客廳角落偷窺他。爸爸神情疲憊地走進來，桌上煤油燈和蠟燭浮現的火光將他巨大的影子映照在牆面上。媽媽見他回來，埋怨他為何晚歸，詢問店裡狀況，爸爸講述乾可可產量奇異縮減的事，他花了一番時間查尋可可園、加工烘爐廠的情況，才耽誤回家的時間。媽媽問結果如何？他擺擺手，示意還未查出原因，便不再提及。

媽媽到廚房把冷飯菜重新熱騰。「小舞——」爸爸壓低嗓音喚我，他的目光在暗闃中發亮，搜尋我的蹤影。我默默從角落爬起身，踱到他面前。他撫摸我柔軟的頭髮，我可以感覺那隻沉穩有力量，長期摩挲可可籽而長出粗繭的手掌透出的溫熱感。手掌上殘留的濃郁可可香氣彷彿傳送到我的髮絲、我的鼻間。「妳這奇怪的孩子，為何每次都躲在暗處，不怕蚊子叮咬啊？」我搖搖頭，低垂著。「病有沒有好點？」我應聲點頭。「妳嚇壞我們了，懂不懂？妳這幾天都不許再到處亂跑，要待在家裡，知道嗎？」我抬起頭，怯懦地看著他微慍的雙眼，唯唯諾諾：「好。」媽媽走出廚房，端來熱騰騰的飯菜，坐在爸爸的對面。我又退回角落，靜靜凝視爸爸的舉動。他開始狼吞虎嚥，頃刻就把碗碟上的菜餚清空。他放下碗筷，打了個飽嗝，撫摸飽脹的肚皮，放鬆脊背，癱在椅子上，眼睛微瞇，彷彿在假寐。媽媽收拾好碗盤後，又回到飯桌上，她滿臉愁容，對爸爸提起花園的慘況。「明天多派幾個工人去幫妳清掃吧！」話題結束後，爸爸不自覺哼唱起哀傷的老情歌，他只會重複唱著幾首熟稔的曲子，每次他唱起歌，我就知道黑夜來臨，白晝已遠去，一天即將結束了。

這些天，我被禁足在家裡。大清早，媽媽就不在屋子裡，連續幾天她都待在花園裡修復和清理龐大糾結的殘花枯葉。我每天在屋子裡走動，尋找樂趣，家裡的一切物品和傢俱都讓我翻天覆地，沒有新鮮感了。於是，我把蒐集樂趣的地點轉移到戶外。我隨意遊蕩，不知不覺又溜進花叢間。幾名工人舉起鋤頭揮往枯草叢，他們齊聲叱喝，使出力氣，手臂頓時青筋暴突，那黝黑的臂部線條和皺眉扭曲的臉孔，在陽光曝晒下烏黑得發亮。他們背對著我奮力鋤地，轉身看見我，恭敬地喚我：「小姐！」又繼續埋首做事。每次聽他們這麼叫喚我，就感到尷尬，我不再逗留，匆匆跑開。我來到花園中的曲折小徑，周圍的小花樹浸泡過雨水，根莖變得疲軟脆弱，以折腰的姿勢面向我，彷彿輕易就能連根拔起。色澤斑斕嬌豔的大朵花卉不堪摧折，病懨懨垂落在小徑上。我躡手躡腳跨過殘花，往前走的同時，還須顧及不能踩踏到枝葉花莖，濕漉漉的小徑遍地泥濘，日光曝晒後，塑成泥塊，路面凹凸不平，步履維艱，無法自在伸展。在趨緩、阻滯處處的行路中，我的視線開始飄移，浮現花葉和路的幻覺，小徑似乎擁有無窮的生命，不斷往前繁衍蔓延，甚至飄浮起來。我感覺自己奔馳在半空中，腦袋沉甸甸，視線矇矓。我停下腳步，呼吸急促起來，頻頻喘氣以平復激越怦動的胸口。

我繼續前行，路口和路尾相互銜接，望向來時路，已難以分辨最初的路途。前路會牽引我往哪裡去，小徑之間看起來都很相似，像是一直行走在原來的路徑，從未自此地逃離。終於，我來到小徑的最大轉折處，這裡看起來和之前的小徑口不大相同。我聞到濃烈的惡臭氣味隨風飄送過來。我循這股氣味來到莽叢之地，媽媽神情肅穆站在旁邊，目光緊鎖，凝視前方環繞糾結的枝蔓、遍野的寄生植物，成群的蚊蠅逗留花叢上空飛舞旋轉，嗡咿嗡咿迴響。我目不轉睛盯視奇異的景象，媽媽突然開口吩咐戴著口罩和手套，穿著密實的工人，那名工人遵從她的指示，拿著殺蟲劑，趨近花叢邊，向迴旋的蚊蠅噴灑殺蟲藥水，倏地一團烏黑四處飛竄、逃逸，像雪花般墜落在花葉上。我惶恐地拍落撲在身上的蚊蠅，在原地狂跳著，拚命尖叫，跑到媽媽那裡，抓著她的衣服，躲在她背後。她見到我，斥責我一頓，帶領我遠離一點。濃烈的殺蟲藥水味迅速瀰漫到空氣中，草叢花徑沾染渾濁的氣味，揮散不去的惡臭味熏天，刺激我們的感官，我緊緊摀住鼻子，隱約覺得全身微微發癢。

另一名工人也上前協助清理。他們竄進花叢間，撥開灑有藥水的枯萎花葉，搖晃的身影抖動著花樹，過了一會兒，他們汗如雨下，拖出一隻碩大的死蜥蜴。那隻蜥蜴散發腐爛的味道，熊熊紅火蟻爬滿牠的表皮，往皮肉裡鑽動噬咬，牠已被折騰得扭曲模糊。這群難纏的紅火蟻攻擊性特強，如果遭到牠們叮咬，會泛起火燒般的灼熱疼痛感。有次，我們的工人因誤踩紅火蟻穴，之後皮膚竟出現紅腫過敏的反應，慢慢地過敏處還冒出灼傷般的白色膿疱，甚至還差點兒休克，最後被送往鄰城的醫院接受治療，才撿回一條命。後來，據那位受傷的工人敘述，被紅火蟻叮咬的感覺，就像被火鉗子烙燙般痛楚難當。真是太可怕了！現在，看到這群可怖的紅火蟻，工人們的情緒躁動起來，不敢掉以輕心，拚命往蜥蜴身上的紅火蟻噴灑殺蟲劑。不消一會兒，泥土裡全浸染著濃濁的氣味。只敢站在遠處觀望的我，嚇傻了，忽覺作嘔難受。媽媽見我不妙，託他們善後，馬上帶我離開該地。媽媽攙扶我走回家，回頭看時，那片花叢掩埋在灰濛濛的煙霧氣團中。

夜晚，我舊疾復發，氣喘明顯嚴重，呼吸急促，胸腔氧氣稀薄，耳朵清楚聽見如野獸嘶吼般的呼吸聲。我感到身體沉重起來，彷彿身上綑綁鉛塊，被狠狠拋擲並沉沒在大海中，身處水中的我需要拚命用嘴巴呼吸，大口吸氣吐氣，才可稍微平穩呼吸。媽媽焦慮著慌，爸爸責怪她沒有顧好我，讓我隨意闖入花園，才會吸進刺激性的濃烈藥水氣味。他們開始爭吵起來，大聲嚷嚷的場面震懾了我。我覺得難受又害怕，極力想介入其中勸解他們，我靠近媽媽，期期艾艾喚她。他們同時回過頭看我，找回理智，停戰，載送我到王醫生的診所。我們抵達診所，只見門扉緊閉，爸媽不停敲響門板，呼喊王醫生，我困難得無法吐出一字半句，引來隔壁店家的注意。有位婦人忽然從昏暗的店內探出頭來：「別敲了啦！他跑去搓麻將了，害老娘骨頭疼也沒得看病哪！」爸媽道謝後，開車前往舊街麻將樓。爸爸闖入樓上，瞧見許多中年男子圍聚在麻將桌前，他擠進人群，打斷熱烈歡騰的賭局氛圍，向王醫生道明來意。王醫生失了興頭，流露煩躁的神色，推辭著，兩人唇舌僵持，差點兒爆開衝突，旁人趕緊勸架，扯開兩人間的距離。媽媽等在旁邊就快急哭了，她氣急敗壞地把我安放在椅子上，猛拉住爸爸的臂膀，厲聲嚷罵：「你發瘋啊！嚇到孩子了！」我全身顫抖不止，不知是發冷還是讓眼前的爭端嚇傻。我望見爸爸眼底閃過的火光，他雙眉緊蹙，臉龐剛毅僵硬，緊握拳頭，拚命壓抑怒氣。有人出面協調，雙方的氣焰才平息下來。爸爸杵在原地，清醒後，對自己剛才的行為感到懊惱，卻拉不下臉致歉。王醫生在周遭人們勸說和鼓譟下，勉強為我診治。

折騰過後，我的病情受到控制。爸爸聽取王醫生的建言，獵攫野味為我進補，以增強我身體的抵抗力。那天以後，他重新搜出塵封在雜物房多年的長獵槍。這把長獵槍，是爸爸年輕時有次跟隨探險隊伍深入叢林，向某戶原住民家庭私下購買的。大坡地後方是片可可園，臨近有面死湖水，繞路行過，巍然冒出整座遼闊的蒼翠樹林和油棕園。爸爸率領幾位熟諳林路的卡達山族工人，潛入林野打獵。直到太陽下山前，大夥兒筋疲力盡，臉上卻煥發異樣的光彩，拎著雉兔，將山豬倒掛抬回來。他們浩浩蕩蕩靠近屋旁空地，爸爸吹口哨，那些卡達山族工人馬上卸下肩上扛負的珍禽異獸，媽媽站在家門前張望，我躲在她身後偷覷。野物著地，飄散濃烈的腥羶味，空氣頓時凝滯。媽媽緊皺眉頭，對爸爸嘮叨，我摀住鼻子，壓抑噁心的味道。媽媽見狀，催促我入屋內，不許我探看他們宰割的過程。我心神不寧地待在客廳，豎起耳朵傾聽外頭的動靜。空地上接續傳來窸窣的撕裂聲響，刀刃劃破動物肚皮的瞬間，鮮血倏地噴灑出來。

我忽然憶起有一天的殺戮場景。那天下午，我倚在窗邊觀望工人們忙碌的身影，有輛貨車從下坡路疾馳上來，停在沙石旁。爸爸下了車，吩咐兩位原住民工人，他們從貨車後廂的鐵籠子拖出一隻土褐色的大蜥蜴。牠看起來已昏厥過去，沒有意識。他們分別扛起牠的頭尾，找來一根堅硬的長木條猛力插入深土中，用粗繩索綁住大蜥蜴的尾巴，牠的身軀倒掛著，粗壯的尾巴繫在朝天的木條前端，頭部面朝土壤的方向懸空。媽媽從昏暗的客廳走出來，站在屋簷下，問爸爸從哪裡抓來大蜥蜴。「載貨的路上發現牠。」大蜥蜴綑綁好後，爸爸大喊：「放血！」有位工人馬上舉起刀子對準牠的喉嚨部位，刀法俐落且嫻熟地割破咽喉，鮮血猛地噴灑飛出，濺得滿地血跡斑斑。我驚恐地遮住雙眼，腥臭的氣味馬上流竄在空氣裡。過了好一會兒，我才從手指縫隙偷窺，不敢觀看全程。放血的步驟完成後，大蜥蜴已經沒有任何生命跡象。那位工人開始剝除蜥蜴皮，刀子在皮肉的空隙遊走，剝割開來。一段時間後，牠被褪了皮，由另一位工人接手，開始切割牠的身軀，把牠切成一塊塊。我從原本的好奇心作祟，趁機窺覷，到嚇得失了魂魄，接下來的畫面，我不願再看，匆匆逃離窗口，躲進屋子裡。後來聽說他們將宰殺的大蜥蜴烹煮，作為佳餚來品嘗。

我莫名震顫，真槍實彈的宰殺場面又在屋外上演，只要一想起那可怕的畫面，我就覺得脖子被緊緊勒住，透不過氣。那晚我惡夢連連，夢中我化身為奔走山林的動物，有人鎖定我，追蹤我，舉起長獵槍，扣下扳機的那刻，我轉身回望，那人變成爸爸的模樣，露出凶狠的表情，在他槍口對準我射擊前，我忽然甦醒。之後有段日子，我不太敢親近爸爸，總覺得他身上隱約散發莫名的腥味，那對炯炯有神的眼睛，彷彿掠過動物奔馳的剪影。

最初，為了哄騙我吃野味，他們藉各種名目利誘我，我都不為所動。後來，爸爸蓄意叫媽媽瞞我，不讓我知道碗盤盛的是野味。不論她添加多少香料，烹煮得多麼美味，只要我一咬嚼，馬上聞到腥臭味，就全吐出來。他們為此又起爭吵，爸爸直罵我頑固，這孩子難養也。「唉，病傻了，白白浪費那些野味！」爸爸猛搖頭，埋怨媽媽：「都是妳，怎麼教孩子的啊！」她動怒起來，不甘示弱嗆聲：「孩子你也有份，不要動不動就把責任推卸到我身上！她不吃，你何必勉強！」「好啊！這可是妳說的，她氣喘復發的話，不要怪我沒給她進補！」爸爸擺擺手，不再插手我的事，氣鼓鼓奪門而出，跳上車子發動引擎，噗噗呼嘯滑下坡路，漫天塵沙，迅速消失蹤影。媽媽抖著肩，我握起她冰涼的手，她突然簌簌流下眼淚。我不知怎麼辦才好，只管擦拭她臉龐的淚水。我的舉動使她停止啜泣。她擦乾淚，催我去玩，然後獨自離開屋子，躲進花園繼續修復工作。

數星期後，我重新回學校上課。之前堆疊的功課，耗費我不少時間，才追趕上課業進度。但我撒野的心已收不回來，我投在課本上的專注力漸漸渙散，反而轉移到逐步修整的花園。自從我拒吃野味，爸媽天翻地覆大吵一頓後，沒人再提起逼迫我食野味的事。

然而，爸爸卻沒有停止獵捕山林奇獸的嗜好，他陷溺在追逐撲殺的遊戲中，以彌補生意上招致的挫敗。乾可可的產量依舊大量遞減，卻查不出原因，收入大幅度虧損。那幾夜，他們關上房門商討對策，我依憑燭光，獨自留在客廳寫功課。屋外曠野蟲鳴蛙噪，摻合著爸媽談不攏的模糊爭執聲，夜晚變得格外不寧靜。

以爸爸為首的狩獵隊伍更壯大了，除了爸爸僱用的工人，鎮上與他熟識的男人燃起征服的欲望，也加入隨行。天矇矇亮，他就率眾潛入林野，日落前滿載歸來。我嗅聞到他身上越來越濃重的腥臭味，更加害怕親近他。每當隊伍遠遠從附近的叢林閃現健碩的身影，他們的孩子光裸著上半身或穿著骯髒的泛黃衣裳，光著腳丫子，從員工長屋的階梯狂奔而來，圍聚著他們的父親，兩眼緊盯那些誘發原始氣息的獵物，齊聲歡騰喧嚷。他們受到孩子們熱烈的鼓譟，即使充滿疲累，也掩蓋不了異常光亮的眼神。獵物交由妻子烹煮成香噴噴的佳餚，等待飽食的空檔，大夥搬桌椅放在空地上，簡單布置後，圍坐著，興致勃勃輪流向孩子們敘述在林野打獵的奇遇和逸事。夜幕低垂後，豐盛的美食擺上桌，饗宴鬧烘烘開始。工頭召喚爸媽用餐，空地上散發殘留的動物血腥味，我倚靠窗戶邊吹風也能隱約嗅到那股氣味，使我倒胃口。我藉口身體有點不舒服，媽媽早已摸透我的底細，不點破，爸爸直搖頭，正想訓斥我，她催促他員工們仍在等待，必須趕緊出席饗宴。他們離開屋子後，我吃過媽媽事先備妥的簡單膳食，頓覺無聊，屋外喧譁歡快的氣氛挑起我的好奇心和興致。我又踱到窗邊，觀望人們圍聚高歌、說故事、聊八卦，甚至有人搬來舊式收音機，扭開旋律奔放且節奏強烈的音樂，人群中冒出聲音：「大家來跳舞吧！」一陣騷動後，讓出空隙，有一男一女率先熱情地舞動起來，其他人跟著仿效，也跳起舞，空地瞬間變為熱鬧的舞池。我凝視那對男女，是爸媽，他們卸下白晝的煩憂和勞累，身心顯得輕鬆多了，臉上光彩奪目，愉快相擁著，彷若回復年輕時熱戀的男女。我著迷於這幅場景，感覺這個時刻的爸爸又像是平日我熟悉的人。

饗宴持續舉行，整座坡地瀰漫享樂沉溺的氛圍。直到有天，有隻穿山甲暴斃在花園裡的某處花徑。據說，有工人發現牠時，牠全身皮肉腐爛，萬隻螻蟻穿孔鑽洞，搬動和肢解牠。媽媽憤怒異常，囑咐幾名工人將牠的殘骸清理乾淨。她無法忍受，向爸爸抱怨此事。他受不了嘮叨，兩人一言不合大吵起來。我遠遠避開戰場，躲在房間裡。爸爸暗中調查，盤問每位工人，有人偷偷告密，指曾看見某些工人把獵物私藏在花園中，再擇日宰殺飽食。那些獵物在囚禁期間卻招引其他小動物窺伺或蟲蟻噬食。自此，媽媽嚴聲警戒爸爸別再繼續帶領眾人前進林野打獵。她覺得事情搞得如此複雜，都源於他耽溺打獵惹出來的災禍。對於媽媽的宣言，爸爸剛開始採取爭辯的姿態，他們爭吵不休，媽媽甚至使出攜同我離家出走的殺手鐧，脅迫爸爸就範。她眼底閃現的堅定目光，震懾著我，我知道她不是開玩笑的。爸爸用眼神示意我說服媽媽不果後，終於也明白自己在捋虎鬚。

爸爸摒棄狩獵後，我們三人相安無事好一陣子。

雖然已清理掉那些殘骸，腐物的惡臭味卻滯留不散。花園裡散亂的殘景尚未全面修復，寄生植物和藤蔓以腐物為養分，像細菌般迅速滋長攀緣，修復工作變得更加繁複了。媽媽開始阻擾我出沒花園，我踏進那兒的次數減少。整片花園籠罩著濃稠的氣息，除了媽媽指派負責清理園區的數位工人外，沒人敢接近那裡。她仍然時常待在園裡，每次她返家，我就能聞到她身上殘留的腐臭味，她總要花半小時洗澡，才能消除這股味道。颳大風時，從花園飄散過來的惡臭味瀰漫整個屋子，蒼蠅莫名在天花板、蚊帳縫隙、窗口旋飛；螞蟻持續增多，流連在牆緣、門窗框邊。我覺得身上彷佛也沾染了這股味道，因此我漸漸不願待在家裡，趁媽媽在花園忙碌，我就偷溜出去玩，恢復漫走的日子。

爸爸重新整頓可可生意，繼續搜查可可產量哪個環節出了問題。後來，事件總算有了結果。爸爸在晚餐時間，告訴媽媽事情的來龍去脈。爸爸有位外勞員工，平日做事懶散，有偷雞摸狗的前科。最近其他工人偷偷向他揭發，那員工負責載送乾可可到店裡的路途中，私自把車子停在路旁，一天天將可可果實堆積在隱密處，累積一定的數量，再偷偷轉賣給鎮上的其他可可收購商，從中牟利。爸爸獲知此事後，深知自己疏忽了員工的行為，當機立斷把那員工辭退了。

事情並未結束。那位前員工找來一群面色凶狠的魯莽男子，在暗夜裡偷竊可可果實，蹂躪園區的土壤和植株，甚至搗亂烘爐廠。爸爸見事態嚴重，馬上報警處理。這件事鬧得鎮上和爸爸有交情的可可收購商都知曉。此荒謬的事件落幕後，爸爸像顆洩氣的皮球，過度放鬆心情，常常藉口去烘爐廠看守工人烘可可的情況，殊不知卻是偷跑到麻將館玩牌搓麻將。那段時間，媽媽不是待在花園，就是留守東林店幫爸爸看顧生意。我也跟去店裡，有時獨自徘徊遊走在舊街。我覺得她的臉色越來越差，身子也比過去消瘦。不久，她開始覺得不對勁，有次帶我到烘爐廠查探，聽工人說老闆不常在這出沒，才識破爸爸的把戲，她告訴我：「妳的臭老爸，又不見人影，一定是溜去打麻將了！」爸爸沉迷賭博，且變本加厲，往往入夜未歸。某個晚上，媽媽等候他數個小時，不見他回來，忍無可忍氣怒之下，帶著我開車出門直赴麻將館尋找他。

麻將館樓上濃煙朦朧，鎮上無所事事的男人們圍聚在一張張麻將桌前，坐著聚賭的，或圍觀賭局的人潮，有人抽菸朝空氣中吞吐，整個樓面喧騰吵鬧。我聞到菸味，就感到嗆鼻熏眼。我猛咳嗽，媽媽讓我站在樓梯口，避開濃濁的菸味和窒息的空氣。她搜尋爸爸的身影，不顧眾人目光地撥開他們，大聲叫嚷爸爸的名字。爸爸震驚地從賭局中抬望，瞧見她忿怒的面容。他霍然站起來，媽媽嚷叫著要他馬上回家，爸爸氣憤難忍，舉起手掌刮了把臉，將她拖往樓梯口，我站在旁邊，失了方寸，垂下頭不敢看向躁動譁然的大人們。爸爸壓低嗓音：「妳夠了！真不給我面子，有什麼話等回去再說！」「那你現在就跟我回去！」媽媽插話，略提高聲量，斜睨那些吊兒郎當的男人們。他們沒有停下手中的麻將，偶爾瞥視我們的方向，似乎等著看好戲，露出齜牙咧嘴的醜怪模樣，我覺得厭惡極了，朝他們扮鬼臉、吐舌頭，再迅速躲藏在媽媽身後。爸媽僵持了好一會兒，為了顧及面子，爸爸拗不過媽媽的倔強脾氣，向那群男人擺擺手，隨我們回家。

此後，爸爸覺得在那些人面前丟盡顏面，雖然手癢想小賭幾把，卻也硬生生將這股欲望壓抑下來。兩人冷戰了一段時間，我成了他們之間的傳聲筒，負責轉述他們彼此的話。直到有天下午，媽媽不支病倒，才結束這場冷戰。她躺在床上不停冒汗，臉部緊繃，全身顫抖，我陪伴床邊，凝視她迷亂的眼神，彷彿也沉陷在她的漩渦裡。爸爸拿著面盆和小毛巾到我面前，交代我把毛巾浸濕冷水後，貼敷在她的額頭上，讓她慢慢退燒。他匆匆開車離去，過了不久，又回到家，還帶來了王醫生。檢查病情後，王醫生說媽媽患了瘧疾，他開了幾帖藥讓她服用。爸爸送走他後，開始餵她藥，為我張羅晚飯。我一直留守在媽媽身旁，她閉上雙眼，身體微微晃動，額頭狂冒汗，發出沉重的喘息，看起來不太舒服。我頻頻用毛巾擦拭她的額頭和臉頰，她似乎遊蕩在夢境，嘴中喃喃絮語，說著讓人聽不懂的話。我蹲坐許久，雙腿痠痛麻痺，肚子開始發出咕嚕聲。夜色深了，蟲鳴和牛蛙聒噪響起，媽媽的呼吸變得渾濁，身體微微扭動起來，眼睛依然緊閉，似乎仍在沉睡中。我們沉默地享用晚餐，夜晚顯得特別漫長。用膳後，我繼續守護在媽媽身旁，她的呼吸轉為輕緩，我哭喪著臉，心中焦急媽媽的病情，害怕她會忽然消失在這世界上。爸爸摸著我的頭，說：「別擔心！有我在，媽媽不會有事的。」我仰望著他，他溫熱的掌心熨貼我的頭髮，這個時刻，我頓覺爸爸有股安撫我心的力量，而少了之前的獷悍。煤油燈的火光搖曳不定，屋內傢俱和爸媽的影子映照在牆面，我蜷縮在床邊，深怕他發現我消失的影子。直到我眼皮頻垂，慢慢感到疲澀，爸爸才催促我回房睡覺。

幾天後，媽媽病癒。奇怪的是，她的身體一直處在虛弱的情況，常常全身乏力，精神恍惚難以集中，無法料理家事，也不能到花園幹活，修復工程停擺。爸爸又請來王醫生替她診治，檢查出患了貧血症。爸爸在街上的中藥店買了一些藥材，煎煮給她服用，甚至大量購買燕窩、烏骨雞等補品，為她調理身體，卻成效不彰。那段日子，媽媽像個試驗品，嘗百藥，卻把身體搞得更糟。後來，爸爸在鎮上聽聞別人提起某名女巫醫的事蹟，決定請她來為媽媽診斷。

女巫醫眼部失明，視線長期處在黑暗中，可以看見冥界中的各種活動，以及幽魂、精靈的形骸。她能聽聲辨色，像正常人一樣行走自如。她身穿一襲黑色長袍，灰白的長髮高高盤起，梳成髮髻，步履平緩穩健，跟著爸爸進到屋子。她剛踏入屋內，眼皮頻頻跳動，壓低嗓音對我們說：「不乾淨！」爸爸帶她到房間探視媽媽的病情。媽媽躺在床上休息，眼睛微閉著，我們的腳步聲驚醒了淺眠的她。媽媽欲爬起身，巫醫用手勢示意她繼續躺下，她隨身攜帶一個布袋包，將它打開，有七彩晶瑩的石子、獸骨、色澤斑斕和白色的羽毛、小刀、仿製精靈形狀的木雕像和一些草藥根莖。我睜大雙目，驚異地湊近張望那些稀奇古怪的治病工具。爸爸把我拉到身旁，食指比在嘴唇間：「噓！」示意我安靜，勿搗蛋。我默默站著，發怔地注視巫醫的舉動。

她仔細觸摸媽媽的手掌、臉頰，嗅聞她的氣息，緩緩對我們說：「她的呼吸渾濁且紊亂，有隻小幽靈干擾她。」我和爸爸感到震驚和恐懼，請求巫醫一定要設法拯救媽媽。她從工具包裡取出草藥根莖，搗碎它，用白色的羽毛蘸著綠色的藥汁，塗抹她的額頭、手臂和肚臍。我的身體僵直，全神貫注凝視媽媽，我屏住呼吸，抬頭望向天花板，看見一縷藍色的霧氣從天花板垂降下來，浮蕩在半空中。我驚嚇不已，發怔痴望，發現那是個小男嬰的幽魂，祂嬌小的身體蜷縮成一團，彷彿泅泳在母體羊水裡的姿態。我的耳朵響起那男嬰的哭泣聲，大喊出聲：「啊！」爸爸生氣地斥責我不許胡鬧。「那個，那個——」我指著半空中，咿咿呀呀講不出完整的話。他馬上叫我安靜，不然就滾出房間。我摀住自己的嘴巴，抑止再發出喊叫聲。

女巫醫拿了些草藥根莖給爸爸，囑咐他燒熱水煮食這些草藥，準備讓媽媽服用。爸爸立即遵照她的指示行事，到廚房煎煮。我繼續靜待一旁，只見巫醫把七彩石子放在掌心，往媽媽頭顱上方繞圈圈，嘴裡禱唸一連串我聽不懂的咒語。過後，又拿著精靈木雕像重複相同的動作，繼續唸咒，持續了好一會兒才停止。那團藍色的霧氣慢慢淡化，小男嬰的五官和身形也漸漸模糊，直至消失在空氣中。我不敢相信眼前所見的一切，不停揉眼睛。媽媽閉眼沉睡著，慢慢恢復平穩的鼻息。等待爸爸熬藥的時間，巫醫閉目養神，似乎在補足剛剛唸咒語耗盡的元氣。忽然，她睜開雙眼，神情詭異地注視我，我莫名起雞皮疙瘩，心臟抖了一下。此時，爸爸將煮好的草藥拿進房間給巫醫。她扶住媽媽的頭，讓她喝下這碗暗綠色的苦澀湯藥。媽媽不小心嗆著，噴了些湯藥出來，巫醫拍拍她的背，再讓她喝完。她交代爸爸找來一根竹子，把竹子的一端劈開，插在屋外的土壤上。爸爸照做，花了一點時間完成，然後她在劈口處夾放一粒雞蛋，作為獻祭。巫醫診治完畢，拿了幾帖草藥給爸爸，說明熬藥方式，向爸爸收取豐厚的診費後才離開。

數星期內，爸爸都按時熬藥給媽媽服食，我除了上學，其餘時間都留在房間照顧媽媽，直到她痊癒。經過一段時間的休養，媽媽終於可以做些家務事。我陪伴她察看花園的情況。此時，花園已變得面目全非，像是一座蠻荒遍野的小叢林。藤蔓相互糾纏，繁雜的寄生植物和攀緣植物一發不可收拾地蔓生滋長，在短暫無人料理的時間裡，展現驚異的威力，迅速掩覆原本的花卉草木，依附它們而蔓延生長。媽媽鐵青著臉，陷入沉思。之後幾天，她留在花園檢視植樹和花草的敗壞情形。

某個炎熱而乾燥的晌午，我剛放學回來，準備進屋時，望見不遠處的花園冒起裊裊濃煙，浮升天空。我發慌起來，糟糕！怎麼會發生火災，必須馬上告訴媽媽這件事，不敢想像媽媽會有多傷心！我急忙尋遍房子裡的每處角落，都沒有她的蹤影，她會跑哪兒去呢？我試圖鎮定細想，突然我靈光一閃，橫衝直撞地奔向屋外，竄進花園。

我跑著，由遠而近聞到濃烈的焚燒味。我摀著鼻口，慢慢靠近冒煙的地方。抵達現場附近，我看見有位巫師手持火雞的羽毛，對著眼前濃烈的火海，喃喃唸出咒詞：

火呵，你一定要飛，

像火雞的羽毛般，在空中飛翔；

快快吞噬這片荒蕪的花園，

咕利拔得……咕利拔得……咕利拔得……

火勢似乎焚燒得更熾烈了，發出噗滋噗滋的聲響。媽媽請來一些嫻熟於火燒山地的伊班族人，他們守在旁邊擊鼓助勢，咚咚咚……咚咚咚……咚咚咚……規律的鼓聲如火浪一波迎著一波灌入我耳朵，敲著我小小的腦袋瓜。我痴痴張望了好一會兒，才驚醒過來，慌亂搜尋媽媽，只見她佇立在旁邊，火焰的熊光將她瘦弱的身影和臉龐照得紅彤彤。她神情肅穆，厲聲對著工人呼喊，下達指示：「小心點，先焚燒第一部分。」我趕快來到她面前，仰望她，「媽，為何要燒掉花園？」我感到不解，說話間斷斷續續咳嗽。「妳怎麼跑來了？這裡太危險，快回屋裡！」她皺起眉頭，把我拖離遠一點的地方。我不死心地再問：「為何要燒掉花園？」「樹木殘敗不堪，救不了，只得放火燒掉，重新栽種。」她瞇起眼眺望前方猩紅如血的火勢，我猜不透她心裡在想些什麼，眼看火苗越燒越烈，燃著廣袤的枝葉根莖，像熊熊火舌吞噬著，在花園變成火海之前，媽媽帶著我離開。

火勢在工人們控制得當的焚燒過程中，進行了幾天才熄滅。這些天裡，我受不了那濃濃的煙氣，常往街上蹓躂。

直到燒園結束後一段日子，我才重新溜進花園，那時花園已徹底荒蕪了，枯枝殘葉全成了焦黑色的灰燼。

第八個月 沒有醫生的診所

鎮上只有一間由王醫生開辦的診所。

奇怪的是，這間診所時常關上大門休業。診所開業的大部分時間，只有護士看守著，醫生卻不見人影。人們曾向診所和王醫生抱怨過，但卻從未真正表達那份憤怒，沒有人敢真的惹惱他。

大街上有兩排毗鄰而列的浮腳屋，王醫生的診所就位於左排的第四間，它的左右邊都是雜貨店。

有一年，我溜到可可烘爐廠玩樂，由於吸入飄散著的混濁空氣，而患上了氣喘。自此，只要氣喘一發作，媽媽就帶我往診所給王醫生治療。很多時候，我們都在診所找不著王醫生的蹤影，我們四處搜索，終於知道他平時常出入的場所。

媽媽帶我闖入一間店屋樓上。我們小心翼翼攀上高陡的樓梯。階梯昏暗、狹窄，嘈雜和粗俗的男聲隱約傳來。我們站在樓梯口，我躲在她背後，喘著大氣。

樓上聚著一群龍蛇混雜的人，圍繞一張方形桌，攬著別人的肩膀觀看精采的賭局。他們偶爾吹起口哨，叫嚣、嗤笑，催促牌友，七嘴八舌討論不休。他們抽著香菸，嘴巴吐出白煙，突然爆出髒話，暴露泛黃的牙齒。整個樓上煙霧迷濛，濃濃的煙味讓我呼吸困難。他們的喧譁聲太大，沒有留意我們的出現。我從媽媽身後窺探他們。有四人坐在麻將桌前，雙手不停摸麻將，神態各異。媽媽搜尋游移的人群，發現了坐在麻將桌前的斯文男子。那人身穿白襯衫和黑色長褲，推了推眼鏡框，歪著腦袋，又摸摸下巴，肅穆地玩著麻將。「王醫生！」媽媽叫了幾聲他才聽見，他不情願地抬頭看是誰。這個時候，大家才發現我們的存在，賭局中斷了，他們大惑不解望向我們。有人打破沉默，揶揄王醫生：「生意上門囉，大夥兒快讓開吧！」男人們倏地爆笑不已，挪出空間。王醫生瞥了媽媽一眼，不太想理睬，催促其他人繼續玩，堅持要打完這一局才離開。媽媽捏了捏我的掌心，壓抑著一絲怒氣，牽起我走向他。她表露低姿態，向王醫生說明我的病情，請求他為我治病。我聽著她哀求的話，凝視這位神情冷漠的醫生。他瞇起小眼睛，對媽媽的哀求顯得有點不耐煩，要我們等他打完這一圈麻將。有人勸說王醫生，他倏地暴怒起來，大聲吼著其他人不要多管閒事，不然以後也不用找他看病了。媽媽吞下心中熊熊的火焰，拉我站在一旁等待。

我們一直站著，媽媽始終沉默不說話，只有她手中傳來的溫熱才讓我感到她陪在我身邊。空氣中瀰漫濃重的菸味，混濁的氣息使我有股窒息的感覺，手心冒起冷汗，頭重腳輕，彷彿隨時會飄浮起來。直到我們的等待變得冗長而難以忍受，媽媽的怒氣也愈發高漲起來。她鬆開我冰涼的手，打算上前催促王醫生。忽然，王醫生丟擲麻將，打亂桌上的麻將，輸了局而動怒起來。他甩開牌友靠攏過來的手，匆匆起身離開，經過我們身邊時，滿臉不快地睨我一眼，令我顫抖著。有人出聲：「也太沒品了吧！輸不起就不要玩，你還沒給錢哪！」男人們追上前架起他，逼迫他還了錢才能走。他們堵在樓梯處，將一旁的媽媽推撞在地。我蹲下來，扶起她。王醫生眼見自己的氣勢較弱，凶狠地瞪著那群圍堵的男人，滿臉不情願地從褲袋裡掏出紙鈔，丟在那位說話的男子身上，然後掙脫他們的箝制，一溜煙消失在樓梯口，不見人影。媽媽抓起我的小手，飛快領著我跑下樓，追著王醫生。身後的男人們像看完一場鬧劇似的一哄而散，坐回桌前繼續玩麻將。

我們在診所找到他。

走進診所，濃烈的藥水味和菸味撲面而來，我打了個噴嚏。王醫生吊兒郎當地坐在椅子上，叼著香菸，吞吐滿口的白煙。媽媽再次表明來意，他用手指了指旁邊的椅子，示意我們坐下。我正襟危坐，心跳怦怦作響，臉蛋紅彤彤，腦袋昏沉。媽媽說出我的症狀，醫生戴上聽診器，檢查我的心跳聲。他摸我的額頭，量我的體溫。「發燒了！」他拿著一支銀亮、扁長的鐵片，毫無預警叫我張開嘴巴。我戰戰兢兢張口，他粗魯地托著我的下巴，冰冷的鐵片探進我的喉嚨，查看是否發炎。檢查完畢後，我整顆心才鬆懈下來，手心冒冷汗，緊抓住媽媽的手臂。王醫生沉默不語寫著藥單，他看起來精神渙散，兩團黑眼圈，雙眼泛紅絲。「按時吃藥，多喝溫水，多休息，病就會好得快！」他冷漠且公式化地說出這句話後，就不耐煩地揮揮手，催促我們去領藥。櫃檯小姐無精打采打起哈欠，瞧見我們走來，伸手向我們取藥單。她慢吞吞走入後面的櫥櫃拿藥。我們等了好一會兒，她才姍姍走來，將藥交給我們。

這些畫面對我而言，多麼清晰與熟悉，深埋在我心底，成為難以言說的祕密。

某個暑熱的月份，媽媽打掃房子的時間變得比以往長。

開始的時候，我和她都沒有察覺有何異樣。我們住的木板屋，長年容易積累灰塵，尤其木板夾縫、牆角和傢俱遮蔽的死角。她平時清理屋子裡裡外外都不會太耗時間。直到有天，媽媽花了比平常多一倍的時間才把房子清掃完畢，她累得癱在椅子上，沒有力氣說話，下午乾脆不去看守店面，繼續在家休息。

我留意到不僅房間的窗臺、蚊帳的灰塵變多，連客廳的桌椅、廚房的爐子和碗碟都蒙上一層厚重的塵埃。每隔一小段時間，清掃過的地方又會蒙塵，一天下來，我和媽媽需要清掃幾次。我不太能沾塵，只要一直碰觸輕薄的塵埃，我就會過敏地打噴嚏，喉嚨發癢起來，沒多久呼吸便有點阻塞。為了害怕夢魘般的氣喘又發作，媽媽馬上喚我休息，不讓我插手打掃。

房子積滿灰塵，慢慢引來蜘蛛網。我發覺天花板、木板牆、櫥櫃和門扉頻繁織著更多的蜘蛛網。這棟房子已經變得老舊殘破。直到現在，我才發現它的頹敗。蟲蟻出現頻密，我永遠搞不清楚牠們從何處潛入，在地上爬來竄去。可怕的壁虎在我稍不留神的時候，倏然閃現，無論是天花板、牆上，還是桌底，都可以瞧見牠的蹤影。媽媽變得愈加繁忙了，她不僅要看顧店裡的生意，回到家還要花好多時間料理家事，犧牲休息的機會。我體弱多病，對灰塵過敏，出不了力氣打掃房子，我無法減輕媽媽的負擔，總給她增添不少麻煩。

雪片般的塵埃，借助風力，吹到好遠好遠的地方，降落到小鎮的每一處，像一場灰黑色的冬天雪花。我住的地方長年赤炎，從未看過一場真正的雪。小鎮的道路上和商店都蒙上厚重的灰塵，一切變得殘舊。天空灰濛濛的，彷彿烏雲般。東林店的情況和家裡一樣，到處蒙塵，每隔一陣子，媽媽的呼喚聲又響起，交代工人清掃走廊上的灰塵。日光炎炎，長時間照耀大街路，將行人愁苦的臉龐蒸騰得扭曲起來。早晨天氣溫和，尚未感覺到異樣和不尋常。直到下午天氣逐漸熱起來，燥熱的風飄散著乾枯的燒焦味。這股煙塵味像白靄靄的霧氣，越來越濃重。

我戴上口罩，露出一雙發紅的眼睛，蹲踞在門檻前，眯著眼觀望蒼茫的大街。天氣悶熱，我的背部汗漬漬，鹹酸的汗水透濕衣服，泛開朵朵水漬。飄浮在空氣中的煙味燻紅我的眼，一直想掉淚。

有位熟識的婦人來到東林店，向媽媽打起招呼，兩人攀談起來。那位婦人抱怨家裡灰塵奇異地變多，她耗費好多時間打掃，全身又累又疲，旁人也參與對話，提起街上煙塵遍布，七嘴八舌議論一番，有人開口下了結論：「該不會又燒芭了，火勢控制不妥，煙霧飄來這裡了！」

媽媽浮起警覺心。她記得每年總會有某段固定時節，加里曼丹蓊鬱的熱帶叢林火焚遍野，土著點燃熊熊火焰，展開燒芭的行動。如果風向移轉，火勢一旦不受控制，有可能釀成難以預計的災禍。

煙霧瀰漫好些天，某天夜裡，我開始出現咳嗽和喉嚨痛的癥狀。媽媽也被我傳染了。煙霧的情況沒有逐漸消散，反而有越來越濃的趨勢，我們關上門窗，躲在屋子裡，空氣滯悶不透風。我不停猛灌白開水，一到夜晚咳嗽變得頻繁，還咳出了濃痰，喉嚨發紅腫痛，嗓音沙啞，躺在床上睡不好，輾轉反側，病情不見好轉。媽媽的情況也沒有比我好，過度的勞累加重了她的病情。

白天，我去上課。學校瀰漫灰濛濛煙塵，整排教室和種植在走廊旁邊的長長棕櫚樹若隱若現，浮在塵霾中。同學們看起來都昏沉沉，精神不濟的樣子。老師低吟無力地勉強講課，我從關上的玻璃窗望出去，天色陰鬱，日光微弱，草木也失去光澤。時間黯淡且漫長，我邊聽課，邊打瞌睡，眼皮頻頻閉上。好不容易挨到放學，我病懨懨走出校門，漫步朝向大街。走在大街路上，人們從我身邊擦肩而過，彷彿也和我一樣，垂頭喪氣，戴著口罩，雙眼發紅，拖著緩慢的步履，漫無目的地經過我。商店紛紛打烊，沒有什麼人開店做生意。我穿過死氣沉沉的街道，覆蓋著灰塵的陰暗浮腳屋好像已經許久沒有人居住。我步行掠過老人和婦女空洞茫然的眼神，她們坐在屋簷下，像在等待什麼神蹟降臨。她們的神情使我驚異，我加快腳步，跑到店裡找媽媽。

媽媽的聲音沙啞了。她放下手邊的工作，交託工頭阿曼看店。她帶著我，穿越舊街，來到王醫生的診所前。

診所的屋簷下圍聚著一群人。他們比劃著，交頭接耳不知在談論什麼。我們湊上前，想探聽發生了什麼事。這時，診所的門倏然打開，走出一位妙齡女護士。她神色略微慌張，眼神瞟啊瞟，胡亂瞧著，目光不經意與我對視，不太自在地望向人群，雙手頻頻搓揉她的裙襬。那些人一見護士從診所出來，馬上擠到她面前。女護士顯得更為緊張了。「護士小姐，醫生呢？」人群中有位中年男子發問，他沙啞的嗓音讓人懷疑他是否口齒不清。其他人的聲音此起彼落，吵嚷著急欲從護士口中獲知王醫生的下落。

「大……大家，請聽我說。」女護士囁囁嚅嚅，深怕觸怒他們似的。

眾人瞬間安靜下來，我和媽媽鑽進人群裡，等待她接下來的話。

「王醫生有事，今天診所要提早打烊。」她小心翼翼說道，不時抬頭環視人們的表情變化，「大家……還是請先回去吧！」

人群鼓起騷動，逼迫連連，大家你一言我一語揣度，有人忽然出聲：「王醫生是否真的欠了一屁股債？」人們聽到他的話，情緒更加鼓譟，不停探問真的嗎？怎麼沒有聽說過，你是從哪兒聽來的？護士臉色倏地尷尬萬分，她吞吞吐吐地不知所措，又要安撫大家的情緒，顯得滑稽可笑極了，「大家不要胡亂猜測，我們醫生真的是有點事，今天才休診的，你們還是回去吧！」人們從她的身上問不出什麼答案，反而把焦點轉移到那位抖出驚人話語的人。那個男人開始滔滔不絕將他所知道的一切和盤托出。他說王醫生的老婆就是因為他愛賭博，勸他戒賭他不聽，終日沉迷，鎮日窩在麻將館、撞球館和人聚賭，他老婆被他氣瘋，才帶著孩子離家出走的。其他人也彷彿憶起他老婆的長相，大家都說似乎真有這麼一回事，已經是好多年前了，有聽說這樣的謠言。人潮持續躁動，我從他們身上隱隱散發的汗酸味中鑽出來，腳步踉蹌，幾乎被推撞在地，媽媽緊拉著我，使我不至於跌個狗吃屎。我恍惚抬起頭，瞥見那位女護士趁人群議論不休之際，趕緊躡手躡腳躲回診所關上大門，拉起簾子。這個時候，人們慢慢停止喧騰，發現女護士早已不見人影，有些人摸摸鼻子，一臉無奈地離開；有些人抱怨診所怎能隨意打烊，尤其鎮上只有一間診所和醫生。幾位婦女面露憂心，我偷聽到她們擔憂王醫生不知何時才開業，她們臥病在家的孩子不知要怎麼辦，如果沒有及時醫治，病情加重就麻煩了。我耳邊陸陸續續響起嗡嗡聲，媽媽催促我，拉著我離開，打算明天再來看診。

到了翌日，媽媽又帶我來到診所。診所的門緊閉著，看起來依然打烊。有一些人聚集在那裡，他們邊咳嗽邊謾罵王醫生，各種難聽和粗俗的話語從他們的口中飆出來。他們走上前，敲打門窗，嚷叫著王醫生，站在窗戶前探頭探腦，似乎想偷窺診所裡有何動靜。我們見診所休業，只好回家。

那天之後，診所一連幾天都休診。這幾天，我在炎炎太陽底下走過大街的時候，看見有人徘徊在診所附近。鎮上到處傳遍王醫生的各種謠言。人們猜想他是否真的遇到了麻煩，不然怎麼像人間蒸發似的，連他平常會去的麻將館都不見他的人影。流言越傳越荒謬，像鎮上瀰漫的濃濃煙塵一樣。

有個晌午，陽光赤裸裸照耀大地，我離開學校，經過喧嚷的大街，左排的浮腳屋圍聚了觀望的人群。我跑過去，想瞧一瞧出了什麼事。人潮像一堵高牆，將我排擠在外，嘈雜聲四起，有人驚恐地大喊出聲：「惹出麻煩了！被人潑了油漆警告！」人群騷動起來，大家彼此詢問事件的來龍去脈。我毫無頭緒，不曉得是誰惹了麻煩，但這聲呼喊卻牽引出我濃濃的好奇心和疑問。我壓低身子，鑽進大人們高大的身軀縫隙間，他們晃動的軀體將我推來擠去，空氣稀薄而滯悶，我感到有點頭暈目眩。終於，我從簇擁的另一端鑽了出來，擠到最前方，那是王醫生的診所，我仔細瞧清楚眼前的景象後，突然顫慄起來，覺得恐怖極了。

診所的大門和外牆被人潑上猩紅斑斑的油漆，還漆上血債血還的醒目字眼。診所外觀完全被破壞得亂七八糟，有把斧頭深鑿入木門裡，沾染了鮮紅的漆。我往後退了幾步，不敢靠得太近。大家不自覺逗留在那裡研究著，我聽著他們對此事發表意見，心裡越來越感到狐疑，王醫生真的欠下一筆債，現在被債主追上門來討債了嗎？那他跑到哪裡去了？我站在人群中聆聽了好一會兒，害怕的感覺就越來越濃烈，暗自想著要從人們吵雜的耳語中逃脫，我拔腿就跑起來，拚命地跑，穿過大街上的兩排浮腳屋和紛擾往來的路人，我用盡力氣使勁奔向前路，拐往舊街的東林店，我非把這件事告訴媽媽不可。

媽媽聽聞後，臉色變得凝重，囑咐我這段時間不要再靠近診所附近，那裡太危險了，許多無法預計的事都有可能發生。我蹲在門廊邊，眺望塵埃鋪天蓋地遍撒在朦朦朧朧的舊街路上，腦海裡不停轉動，想著診所牆面和大門上被搗蛋滋事的人胡亂塗鴉，血跡斑斑的油漆畫面不斷縈繞在我心頭。我恍惚閃過那張冷漠肅穆的臉，不論是坐在診所裡為我檢查身體，還是在麻將桌上，他的嘴邊一定叼著一根菸，裊裊浮升的白煙模糊了他泛起皺紋的臉龐。我揮了揮手，想甩開腦中掠過的畫面。我仍然可以感覺他粗糙長繭的手，在托住我下巴時那股魯莽的手勁，使我不自覺撫摸著下巴，彷彿又意會到了那種畏懼的感覺。

接著幾天，我都沒有走過診所那地帶。店裡打烊後，爸爸載我和媽媽回家的路途上，十字路口另一邊的馬來村落閃爍著點點星火，懸在黑暗中的浮腳屋透出陰森森的氛圍。我探出頭，兩隻眼瞳骨碌碌張望大街兩旁黑壓壓櫛比鱗次的商店，路上行人疏疏落落，街道上落得冷冷清清。偶有牛蛙蟲鳴迴響，遠處濃密的樹林間隱隱傳來窸窣窸窣嘩喇嘩喇的樹葉婆娑聲和潛藏在暗處遊走移動的獸物聲響。忽然，我隔著玻璃車窗望見了那間鬼影幢幢的診所，豔紅色的油漆在暗夜裡突顯出猙獰血淋淋的氣息，診所已經不是原來的面貌了，它此刻反而像是遭受某種蓄意謀害似的傷痕纍纍，再也不是我平日接受診治的地方。我甚至產生一種奇異的心態，雖然氣喘沒有根治，但我覺得自己好像從疾病的治療中得到解脫和自由般，不須在生病時跑往診所，讓王醫生檢查身體，然後再領取一堆藥定時服用。我對於會有這樣的感覺升起懊惱且困惑，難道診所不開業，我的病就會自動好了嗎？

過了一星期，天氣異常炎熱，遼闊無邊的天空懸浮一輪熱滾滾的紅日。放學後，我頂著大太陽，雀躍萬分地從校門奔跑出來，想在大街上遊蕩尋找新奇逗趣的玩意兒，我蹦蹦跳跳踢著空鋁罐，踢踢躂躂東兜西轉，遊走在商店的長廊上，悠悠哉哉觀賞商店櫥窗裡稀奇古怪的玩具和擺設。我晃著蕩著，不知不覺走到診所面前。

妙齡的護士小姐從診所大門走出來，手上拿著白漆桶和漆具，越過我身旁，面向外牆，背對著我，戴上口罩，開始為牆壁漆上白色的油彩。她舉起漆具刷掉在陽光日照下曝晒得刺目逼人的紅色油漆和斗大的威脅字體。我擰住鼻子，阻擋那股濃烈難聞的漆味，走近她旁邊，圓睜著烏溜溜的眼瞳盯視她油漆整面牆。倏地，她回過身睨睇我，露出嫌惡的表情。「小孩子，看什麼看！快走開！」我悻悻然遠離她，但卻不願離去，我想知道診所是否繼續重新營業。我在心中尋索揣度，有股莫名的動力驅使我想探究診所接下來的發展，以及王醫生的情況。

大門又打開了，這一回走出一位身材臃腫的中年護士，我認得她，每次我去看病時，都是由她幫我掛號的。她一眼就認出我，對我打聲招呼：「妹妹，來看病嗎？」「護士阿姨，今天重新開業嗎？」她摸摸我的頭，微笑點點頭，將門上的掛牌翻轉為開診，默默走回昏暗的診所裡。

診所前慢慢湧來三兩位男女，剛開始他們略有遲疑地徘徊在門邊，交頭接耳喋喋不休，以一種探究的心態觀望著，嘀咕好一會兒才推門入內。陸陸續續前來一些想看病的人，我追隨他們的步履潛進診所裡。

整間診所恢復以往鬧烘烘喧嚷不止的景象。座位上坐滿了等待的病人，咳嗽聲此起彼落，有人突如其來的噴嚏聲嚇著了旁邊的人，等得不耐煩或忍受著病痛的小孩大聲哭鬧起來，他們的媽媽連哄帶騙安撫他們躁動的情緒。有人倚靠著牆壁，還有的人在狹窄的走廊上踱步。從長廊盡頭突然閃現一個調皮的小男孩，他往前衝過來，和別人撞個正著，跌倒在地，倏地哇哇大哭起來，完全不顧周遭注目的眼光。他的媽媽頻頻向大家說抱歉，拉起他，將他拖往自己懷裡，他掩面躲進媽媽的胸懷，嚷叫得更大聲了。診所陷入亂糟糟的氣氛裡，我覺得頭昏腦脹。我正打算溜出診所的時候，有人推開門，把我推開，我撞到椅子的邊緣，有位婦人好心地攙扶我。我摸摸迅速腫脹起來的額頭，雙眼眨也不眨，盯看著莽撞闖入的人。

除了那位推倒我的男子，接連走入另兩位身材魁梧的男子。他們三人擠了進來，原本擁擠的診所變得更加擁擠了。他們的出現彷彿擰乾周圍的空氣，殘存滯悶和燥熱的氣息。周遭的人都停止手邊的動作，紛紛噤聲不語，小孩也不哭鬧了，似乎被眼前面容凶煞的男子嚇愣，呆立不動，他們的媽媽緊抱著他們，比了個噓的手勢要他們保持緘默。

那三位男子流露凶狠的目光，回頭瞪視在座人們困惑不解的神色，大家慌亂得不敢胡亂瞧看，低下頭不想多生事。那位肥胖的護士阿姨從掛號櫃檯走了出來，禮貌地詢問他們：「先生，想看病嗎？」領在前頭、剛才把我推倒的男子惡狠狠睨著她，不客氣地質問：「王醫生在哪裡？」「請問……你們找他有事？」護士阿姨顫抖著聲音，吞吞吐吐問出聲，我看見她閃動著飄忽不定的眼神。

「快把他叫出來！」其中一位男子不耐煩地朝她怒吼。

「你們……有事好商量，不要這麼衝動。」護士阿姨囁嚅說道。

男子們聽了忿怒極了，他們魯莽揮開護士阿姨，她驟然摔跌在地。眾人驚呼起來，倒抽一口氣。他們像是對準目標、勢必要逮著獵物的豹，掠過邪惡凶猛的眼神，直盯著長廊盡頭。他們大步邁向前，眾人露出驚懼的表情，沒有人敢上前阻擾這一切。我全身泛起疙瘩，額頭冒出冷汗，拚命擦拭，緊盯著那三人的一舉一動，我害怕接下來會發生什麼難以想像的禍端。

他們猛力敲打門，胡亂翻找每個房間，最終走到陰暗角落的一個房門前。其中一人破門而入，另兩人隨後進去。一陣吵雜碰撞聲從長廊後方隱隱傳來。霎時，男子們拖著王醫生，往大門口去。他們的速度太快了，我來不及回神，他們已把他拖拽到診所外頭的空地上。

眾人魚貫擠迫在門口，有的人跑出來，站在一旁嚇呆了。我趴在窗臺邊張望混亂的場面。

那三位胸膛結實的男人揪起瘦弱的王醫生，對他拳打腳踢，見他體力不支撲倒在地，又再把他揪起來，猛力扯著他的衣領，將他騰空起來，對他警告一番：「老子沒空等你，快還錢來！」王醫生像個虛軟無力的病患，手無縛雞之力，任由他們擺布且施加暴虐。他哀求他們放過他，那聲音一點兒也不像平日他為我看診時漠然冰冷的嗓音。我驚嚇得摀住臉，不忍目睹這一切殘暴的景象。王醫生的哀號聲再次響起，我用雙手遮住臉，只露出惶惶不安的雙眼。我看見王醫生完全變了一個人，失去平日肅穆冷漠的神色，現在的他徹底被擊垮，他跪在碎石路上苦苦哀求他們再寬限幾天的時間，他一定會想辦法還錢的。那幾個殘暴的男子在臨走前還摑了他幾個耳光，踢了他幾腳，惡狠狠朝他吐了幾口唾液，才大搖大擺離開。

周圍掀起惶惑不安的躁動，人們圍著王醫生，七嘴八舌討論剛才發生的事。兩位護士從診所裡衝出來，合力扶起病懨懨、臉龐腫成一團的王醫生。他駝著背，唉唉叫起來，讓護士攙扶著走回診所裡。護士小姐翻著門牌轉為休診，動作迅捷地關上大門，拉下布簾，阻絕門外的紛擾。

王醫生經歷這場暴烈的挨揍事件後，隔天又休診了。我腦海中不斷縈繞那天的情景，閃過那幾個男子蠻橫的臉，他們散發出的犀利目光足以燙灼我的心靈。夜裡，我輾轉反側，睡不著，王醫生被欺辱的場面像影片般一直在我腦際上演，我無法將他和那張冷漠的臉聯想起來，後來我恍惚睡去，夢見他的臉龐因挨打而突然扭曲變形。我嚇醒，拍拍胸口，想甩開夢魘。我沒有告知媽媽下午診所發生的事，這對我來說是個隱匿的祕密，或許我沒法妥當且心平氣和地向媽媽吐露我心中難以述說的感受。我感到心底有抹暗影，暴力彷彿無所不在追隨入我的夢境。

沒有人敢再去診所看病，也沒有人流連在那附近。我每日經過大街，只看見診所大門深鎖，布簾垂落，我一直默想何時還會再開業。時間久了，人們似乎沒有特別關注診所的情況，大家好像也跑到鄰市看病，我卻始終記得王醫生挨打時浮腫的臉龐拂過痛楚的眼神。

日子過得飛逝，直到有一天，當我再次走過浮腳屋的長廊，覷望對面商店的時候，診所已經拉下大鐵門，掛上出租的招牌。天空遠遠飄來雪花般灰茫茫的塵埃，鋪蓋在診所的屋頂和牆壁。王醫生早已不知去向，大家猜測他為了躲債，漏夜逃走了。沒有人知道他逃去哪裡，也沒有人要尋找他的下落。

自此，這間診所已經被人們徹底遺棄，成為一個等待認領的荒廢空殼。

三、回歸

如果剪斷了原生的臍帶，
我們的肚臍將永遠感到飢餓。

分娩月　**羊水**

遠離黑暗之前

漫長的黑暗，似乎終將遠去。

縣政府頒布指示，要為古納鎮通電。這對我們來說，的確是個千載難逢的好消息。在我家族尚未遷徙過來以前，早已聽聞要通電的事，幾十年來，卻一直沒有下文，我們就這樣度過了無數個漆黑暗淡的夜晚。

王醫生逃離小鎮以後，我的氣喘症沒有因此而隨之根治。我依然偶爾發病，直到病情不受控的時候，媽媽就會帶我到鄰城看診，而我也樂意前往，就診後，我們還能去學校與哥哥見面呢。但詭譎的是，我開始察覺或許我的氣喘症並沒有自己想像中嚴重，反而是源自對小鎮一些人事物的莫名恐懼，於是我總感覺呼吸窘迫困頓。

最初，王醫生徹底從小鎮消失的時候，我莫名浮現詭異的憂傷情懷。我不喜歡看病，也不願讓王醫生為我診治，甚至要吞嚥顆粒狀的苦澀藥丸和難聞藥水。這些林林總總一直以來讓我苦不堪言，我不違抗媽媽，她要我按時吃藥，我就聽她的。我不想讓她為我憂心，看到她發愁的臉龐，我就不忍心她難過。我深深明白，只有接受治療，我的氣喘才有痊癒的一天。照理說，王醫生不見之後，我似乎可以從長期的禁錮中獲得解脫。可是，連我自己也難以明瞭，王醫生的逃亡，卻使我鎮日鬱鬱寡歡。身為一名拯救病患脫離疾病折磨的醫生，卻債務纏身，最終在無法自救的情況下，不得已步上逃難自保的途徑。我隱約意識到這是小鎮邁向日漸頹敗的初始，而我卻無能為力，眼睜睜看著頹靡的氣息緩緩蔓延。

那段日子，我失魂落魄地遊走在林野和大街上，行經熟悉的小鎮路線，可我心底深切感到這一切和過去有多麼不一樣。我眼裡觀望的小鎮彷彿成為一座無可救藥的荒涼小鎮。每到傍晚，日光昏沉，我走在舊街上，經過鎮上唯一的殯儀館，靈堂裡總是在辦喪事，祭壇上的白蠟燭妖媚閃耀著，幽幽然的燭光裊裊搖晃。守靈的死者家屬面容哀悽地跪坐在地面，整個靈堂瀰漫悲傷和凝重的氛圍。每一個死者就如周老闆，在人世間遊蕩一趟，直到旅程終結的那個時刻，都將歸向生者難以描摹的另一個世界。我一眼就瞧見林瀚坐在屋簷下的藤椅上，睜著漠然的雙眼，冷眼旁觀靈堂裡啼哭哀號的守喪家屬，彷彿他早已洞悉生死的奧祕，心胸有所了然的神情，實實在在震懾著我。久而久之，我懼怕經過殯儀館，那些令我無所適從的喪禮，會一再使我陷入對死亡的迷障和難以揮去的陰影。我也害怕看見林瀚冷漠卻又戲謔的表情，他瞅著我瞧的模樣，似乎能看穿我心底隱藏未顯的恐懼。我只要去東林店，就必須前來舊街，但我總遠離那地帶，只有這樣，我才能感到一絲平靜。

有一陣子，鎮上正在架設電纜，一柱柱路燈豎立在路旁，他們展開接通電流的工程。就在即將遠離黑暗日子，迎來光明的時刻，我再次遇見了蘇瑪。我隨處遊蕩在街路上，眼見一條條紅泥路被大型怪手機器掀翻得坑坑窪窪，一根根長木杆插埋在土裡，三條冗長的黑色電線橫懸在半空中，朝街路兩方綿延下去。穿著制服的工人們圍聚在路旁，忙著接電和幹活。有工人爬上木梯子高站著靠近電線杆，拿著工具測試電源。我好奇地趨近那兒，瞧瞧他們在做些什麼。和我年紀相仿的大孩子頂著燠熱的大太陽，湊熱鬧地圍聚在四周，吱吱喳喳你一言我一語，探頭探腦，盯著混亂的路旁工地和熙來攘往忙事的工人們。忽然，高聳的電線杆發出劈啪的聲響，我們都嚇了一跳，不曉得發生了什麼事。我們抬頭望著電線杆，只見電線接合處迸出閃耀的電光，繼而冒出幾縷灰煙。站在高處靠近電線杆的工人瞬間搖搖欲墜，我和孩子們看了不自覺驚呼出聲，摀住眼睛，深怕他真的從半空中掉下來。那工人穩住身子，重新抓好電線杆。在電線杆底下觀望的工人們騷動起來，他們鼓譟著，呼喊站在高處的工人：「怎麼了？有沒有怎樣？」一那工人朝他們揮揮手，表示沒事，繼續檢驗電源的流通狀況。

我身邊忽然出現一抹熟悉的人影。我定睛一瞧，赫然發現是我久未見到的蘇瑪。她搖頭晃腦地湊近人群，有模有樣學其他人一樣望著電線杆，探知發生了什麼事。自從上次我們偶然相偕漫遊學校後門通往繁茂迷霧的密林，我好不容易在天黑前，從那鬼魅幽深的林子逃離回家，而她倏然消失在樹林以後，我就沒有再見過她。這一會兒，她乍然閃現在我眼前，我欣喜不已。我朝她揮揮手，打聲招呼，她目光呆滯地凝視我，彷彿不認得我。我不停向她表明自己是誰，提起我們偕同漫遊的那一天，試圖喚起她的記憶。最後，我打消了念頭。從她空洞無神的眼神，以及那抹飄忽的目光，我恍然了悟她已經徹底忘掉那場漫遊的經歷，她絲毫不記得我是誰了。她現在變得更加痴傻瘋癲，活在自己編織的孤絕世界裡，回不來現實。我瞧見她的那條瘸腿，倏然心驚膽顫，像心弦猛然被撩撥般，拋出尖銳刺耳的聲響。我憶起媽媽曾向我提及，蘇瑪的丈夫失蹤逃走以後，警察抓了她，帶回警局問話，被釋放出來後卻瘸了條腿的恐怖經歷。直到我親眼瞅見她身體的殘缺，我驚覺自己幾乎難以接受暴力展現在蘇瑪這名瘦弱女子身上的事實。這是個怎樣的世界？我黯然神傷，晶瑩的淚珠在眼眶打轉，雙眸蒙上一層迷霧。圍聚在路旁的孩子們眼見沒新奇的事，紛紛鳥獸散。她瘸著腿，彎著背徐徐走遠。她的背影在烈日照耀下氤氳成一團模糊迷濛的光圈。我竟眼睜睜讓她走出我的視線，除了在這荒涼偏僻的小鎮繼續漫無目的地遊走，她永遠走不出去，也走不出她自身的迷宮。她會走往哪裡呢？也許她會像往常一樣，走向那片鬼影幢幢的蠻荒叢林，獨自漫遊，尋覓她失蹤的丈夫。

鎮上的電延宕了一段時日，沒有人知道什麼時候會真正接通。大家默默等待通電的那一天降臨。我悄悄在心中祈禱，等待黑夜亮起燈火的那個時刻。

神祕隧道

在發夢的年歲，我這枚童稚懵懂的孩子，壓抑不了對外在世界的綺麗想像。我大部分時光都在古納鎮度過，數算得出來的幾次出走，最遠也只是到鄰近的斗湖市。外面的世界是怎麼樣的呢？直到那年我剛滿十歲，兩星期後，爸媽偕同我遊歷那座詭祕迷幻的燕窩山，當時年幼的我深深認定，那就是世界中心的所在。

我攜帶飽滿的夢想，出發尋找心中澄澈溫暖的泉水。那個時候，我心底開始縈繞一抹神祕宛若預示般的聲音，冥冥中指引我往那座燕窩山洞尋幽探祕。

一個晴朗的清晨，溫煦的曦光穿透濃厚雲霧，遍灑在大地。點點微光在媽媽臉上跳躍滑動，久違的笑靨重新歸返她苦難的臉龐。爸爸煥發桀驁不馴的神采，使我彷彿得以跨越時間的迷障，覷見他年輕歲月裡飛揚穿梭於叢林蠻野的冒險歷程，那是我來不及參與的飄搖年代。爸爸僱請一位熟稔燕窩山洞路徑的卡達山杜順族中年男子，為我們領路，引領我們潛入神祕詭奇的大地寶藏。他多年來遊走於無數座巍然屹立的群山間，直到後來為謀生而帶領旅者深入山巒中。

我們由內陸出發，朝向蠻叢大林，直抵大森林的邊境，就可望見顫巍巍聳立的燕窩山，山頭的另一端面朝浪花激越澎湃的大海。我們穿越浮沉在灰濛濛濃霧裡的叢林，繁密蒼翠的林樹挺拔直立，汲取熠熠生輝的金黃色陽光，以迅雷的姿態滋長著沖向碧藍天空。我們身陷在幻影飄移的迷林，迷惑於無數庶幾相似的樹木和花卉蔓草，呼吸著遍野的濃郁花葉香和鬱鬱的潮濕氣味。那位杜順族男子悠遊其間，走在最前端，毫不費力地為我們開路，我們循著他的指引，漫走在蜿蜒曲折的林葉小徑。我們越往前行，越無法尋回最初的路徑，彷彿先前的跋涉奔走不過是場塵世大夢。

我終於逮著機會探尋外面的世界。在這趟旅程中，偶爾泛起的莫名害怕若有似無地襲上我胸口。遠離了古納鎮和斗湖市，千變萬化的外在世界引起我前所未有對一切未知事物的畏懼感受。無從知曉會有什麼冒險犯難的事在等著我們，那必然也是多麼令人感到刺激興奮的經歷，我既惶恐又期盼。離開了小鎮，我發現在小鎮以外處處是蠻野荒地和濃蔭的大森林，在密林裡偶有幾縷炊煙從長屋裊裊浮升。我赫然察覺自己與自然維繫著一條無形的緊密關係。我們的行旅漫長且沒有退縮的餘地，只有繼續往前走，才能抵達最接近心臟的地方。每當我疲累得走不動時，我的耳邊又突然響起那股神祕飄忽的聲音，對我絮絮私語，勸誘我別就此放棄行進，要我打起精神來。它告訴我一個祕密：「路的盡頭，妳可以看見一張美麗的容顏。」我揣想著這個聲音從何而來，雖然它突兀地冒出聲，卻沒有使我感到顫慄，我把它視為一種神諭。那張臉長什麼模樣呢？我濃濃的好奇心對此萌生無窮的興趣，迫不及待想窺探這張無比神奇的臉。於是，不論遊蕩跋涉了多少遙遠的路途，我仍然奮力不懈地往前走。直到我們穿越了一大片蔓草叢生的原野後，終於來到燕窩山。

※　　※　　※

我們的面前，昂然聳立著一座雄渾巍然的岩山。這座燕窩山彷彿在開天闢地的古老時間就已經矗立在這片叢林之中了。我們撥開飄浮在空氣和樹林之間的濃霧，佇立仰望著高山，朝山前進。

燕窩山滋長著蓊鬱、高矮不齊的樹木，茂密蒼翠的濃蔭枝葉升向天際。站在山底下往上望，始終看不見山頂和它的全貌。我無論從哪個角度凝視，也只能窺覷這座山的某個景象而已。我們爬過一些紊亂的岩石堆後，乍見掩埋在雜草亂葉中的灰色石頭階梯，綿延通向高聳且光禿禿的岩洞口。那是一個非常開闊巨大的洞穴入口，望進深處盡是烏漆麻黑，其難以探查的情狀足以挑起人們心底最深層的恐懼。我們無法準確察知何處是盡頭，輕輕扔進一塊小石子，噗咚噗咚響，山洞裡傳來層層疊疊的回聲，接著就滾落到某個陰暗混濁的洞穴深處。我感到毛骨悚然，又夾雜想探究的欲望，似乎有個輕飄模糊的聲音在催促著我，使我深深置信在這座山洞裡有什麼奇異的恩典等著我。杜順族男子和爸爸領在前面，為我們開路，媽媽牽著我，一步步踏上綿長的石頭階梯，直闖入燕窩山洞的核心地帶。

石頭階梯灰撲撲、硬繃繃，每踩上一階，我默數一次，踢踢踏踏，拾級而上的階梯宛似長出了腳丫子，輕快地跑起來。它跑，我也跑，不知是誰先跑起來的。它跑，我追……我跑，它追……我們不分彼此追逐起來，誰也不願讓誰獨占鰲頭。它跑上前頭時，我趕緊加快步伐，越過它。踢踢踏踏，石頭階梯灰撲撲、硬綳綳，它的節奏就是我的節奏，我的節奏也是它的節奏，踢踢踏踏——噗咚噗咚——我喘起來，它喘起來。我跳躍，我飛奔起來，它也飛騰起來，像飄浮在雲端，我輕飄飄，風兒掠過我溫熱的身體。

轉瞬間，我瞧見橢圓形的山洞口啦！我探頭探腦、東張西望，瞪大著兩眼往黑壓壓暗沉沉的山洞瞧，噗咚噗咚，我心兒狂亂怦動，陰森森鬼魅似的。濃烈的氣味撲向我鼻縫，我擤了擤，吸吸欷欷。模模糊糊的聲音忽遠忽近，從哪個洞穴飄來，鼓震我耳膜，嗡嗡嗡，神祕地召喚我。我的靈魂蠢蠢欲動，胡亂竄流著，湧起直抵洞心的想望。是誰啊？快出來，不要再躲了。周圍迴盪山洞廊道呼呼的自然回音，過了好一會兒，響起一聲輕輕的嘆息。妳忘記了嗎？我就是妳。什麼？妳是我，妳究竟是誰？我是妳在黑暗世界裡遊蕩的影子。妳是我的影子？輕輕的嘆息聲又響起。我在這裡等妳很久了。妳在哪兒？我在妳心湖裡。心湖在哪裡？仔細傾聽妳內心的聲音，它自然指引妳找到我……「小心啊，不要跌倒了，要全神貫注，輕聲細語，別觸怒山神。」杜順族男子低沉地說，引領我們走入神祕黑暗的冗長隧道。那個聲音倏然消失。我的毛細孔豎立起來，黏答答的空氣粒子聚成一團薄膜包裹我全身，慢慢地融進這潮濕濃稠的洞穴裡。

山壁粗糙有稜角，冰涼如流水，觸電般迅速從我手掌心襲入體內。岩石地面散布枝葉泥土，越深入隧道路徑，枝葉越見稀少。在黑洞裡，白晝的光馬上被吞噬殆盡。瞬間，我彷彿目盲，看不清黑暗中的任何事物。我微微驚恐，寒毛顫慄，不自覺放大瞳孔，閉上或睜開眼睛都是一片黑茫茫。窸窣窸窣——卡答卡答——嗚嗚嗚——我在黑暗中晃動著身子，哪邊發出聲音，我就朝那方向移動，想辨識聲音的來源。許多聲音交疊混合，在山洞裡縈繞迴旋，奏出變化萬千的交響樂曲。它們是世上美妙天籟的聲音，感動我的耳朵，紓解我的感官知覺，淨化我的心靈。它們是地獄妖魅魍魎的聲音，挑逗我的耳朵，誘惑我的感官知覺，迷惑我的心靈。深層的黑暗在寬廣的圓弧空間裡漸漸稀釋消散，黑暗的濃度慢慢淡化，依次顯露出山洞中的自然形貌，山壁、洞頂和曲折迤邐的廊道。

媽媽牽著我往前走，她手掌傳來的溫度適時安穩我。杜順族男子將小手電筒傳遞給我們每人一支。我打開手電筒，照耀漆黑狹長的隧道。山壁和遍地嶙峋的岩石和石筍，洞頂垂下鐘乳石，地面凹凸不平，宛似神祕異境。爸爸和杜順族男子的身影在隧道裡鬼魅飄忽往洞頂蔓延，搖搖晃晃，在光影游移的洞穴裡忽隱忽現，切割成無數細碎的影子。

我眼花撩亂，步履顛簸，爸爸的背影在深沉的洞穴隧道裡看起來英武而巨大，像拓荒前路的祖靈，將我拽進遙遠的年代。我們的祖靈飄洋過海，遠離故土，落腳在馬來半島的某處小鄉鎮，又輾轉追隨拓墾蠻荒的洪潮，遷徙前來婆羅洲沙巴的古納鎮，建立起自己的家園和種植園丘。我們歌頌祖靈開拓家園的艱辛和血淚故事，一代承續一代，不斷傳唱下去。我們湮遠的飄泊漫遊史在時間長河裡從不停歇，烽火連天、飢餓、貧窮、乾旱、流離失所、家園分崩離析……我們的祖靈抵達綿長的炎炎赤道，劃開南北半球的熱帶線往無邊的大海兩端蔓延開來。這熱帶國度是我們飄流停歇的居所，我們的祖靈在這塊蓊鬱蒼蒼的叢林綠地安身立命，精神的家園在午夜夢迴糾纏著祖靈們，念茲在茲何處才是靈魂真正棲息的所在。或許，一切又一切的懸念，終究只能化作一場遠逝的大夢。我承續了祖靈飄流漫遊的血脈，不停在小鎮遊蕩著，尋覓著，甚至出走到世界。

「妳終究要回到生命的最初。」影子說。

在黑暗的洞穴深處傳來一連串噪音般的卡答卡答聲響，在洞裡盤旋，形成無數的回聲。「那是雨燕發出的聲響。牠們靠回聲辨位，才能長期在黑暗裡尋路飛行。」杜順族男子向我們解釋這奇異的聲音。

雨燕群掀起的喧雜聲一波波灌滿我耳朵，卡答卡答——卡答卡答——我的耳裡縈繞著這短促又怪異的聲音。我戰戰兢兢深入光線朦朧的隧道，恍惚的靈魂彷彿被拽往更深層的路徑，卡答卡答——卡答卡答——雨燕勾起了它，在洞頂飛旋。我猛拍著胸脯，緊揪著心臟，深怕靈魂就這樣被攫走了。燕窩山的岩洞經受大自然風雨侵蝕，沒有人知曉一座座聳立在雨林裡的山洞，歷經多少時間和自然天候的暴虐，遂能形成我周遊的神祕景觀。「這是神明賜予我們的大地寶藏。」杜順族男子忽然出聲。雖然手電筒透出的微光能照見隧道和洞壁的情況，可是處在黑暗的洞穴裡一段時間後，似乎感到迷迷濛濛，開始頭昏腦脹。我揉揉雙眸，眨了眨眼睛，想揮去昏沉沉的倦意。我畢竟已經不像遠古的原始人類那樣習於生活在洞穴裡了，我們這些後世子孫早已脫離山洞的生活方式，尋索其他的居所安身。前路迷茫如霧，阻礙不了我想繼續冒險犯難的決心，我隱隱約約感到這趟時光旅程將帶我歸返生命最初的地方。

杜順族男子忽然指著高聳的洞壁。滿壁的坑坑洞洞，像蜂窩巢似的，也有的鋪蓋一層墨綠色的青苔，彷彿綠地毯。卡答卡答——卡答卡答——雨燕群飛掠過我的頭頂上方，我有點害怕鳥糞會隨時掉在我頭髮和身上。雨燕在高遠的洞壁旋飛，來去自如；幼雨燕棲在洞壁和洞頂的茶杯形鳥巢內，發出聒噪的聲響。太暗了，我看不清牠們真正的模樣。光禿禿的石壁上散布著黑壓壓的蝙蝠，牠們看起來真的好像魔鬼的化身喔，與生俱來適合生存在黑暗的洞穴裡，一隻隻模樣醜怪的蝙蝠倒掛在石壁上，一動也不動，挺嚇人的。有一抹鬼魅般的人影站在高處，好像懸在半空中似的。我心跳倏地慌亂起來，肩膀抖動著，以為見著了什麼可怕的鬼影。杜順族男子緩緩向我們解釋那些是採燕人，是他們祖先世代傳承下來的職務。洞壁可看出被人釘滿木墊，露出密密麻麻的痕跡，採燕人踩在一階階朝高處攀爬的木墊，用細長的木枝條採擷燕窩。他們赤裸著黧黑油亮的上身，只穿件短褲，冒著無法預料、甚至會粉身碎骨的危險，攀上崎嶇不平的洞壁。雨燕生長於陰鬱潮濕的懸崖岩洞上，如果位於太高的地帶，採燕人在採摘時會用上竹梯子和繩子，綑綁搭建成木支架，再往上攀緣。直到他們攀上了燕窩築巢的地帶，需要打開照明燈，用一根長繩固定在岩石上，另一端綑綁在自己身上。他們在採摘前，會先用水噴濕燕窩，再用鏟刀鏟下它。他說，採燕人冒著很大的生命危險，只使用簡單的爬山壁工具，攀爬峻崖峭壁，進入布滿毒蛇蟲子的山洞裡採擷燕窩。他聽聞有許多人一進入山洞就不再出來了，連屍骨都找不到。有的在懸崖峭壁間，用一條繩子垂吊攀爬，附在石壁間摘取燕窩，要承受烈日曝晒，還要抵抗群鳥侵襲，如果不幸颳來一陣強風，也許就會把繩子吹斷，然後墜落海中，失去蹤影。

我們繼續往前行，一路上滯悶的潮濕氣味散溢在狹窄冗長的彎曲隧道。不知走了多長時間，我們來到更深層的地帶，我心底隱隱泛起的害怕心理忽而竄升上來，又平復下去。

我們來到路口。

前方是顛倒的大梨子狀入口，不知道會通往什麼地方，杜順族男子說那裡是山洞中最神祕奇妙的境地。他的話挑起我濃濃的興致，會有多神祕奇妙啊，那不就是仙境了嗎？我馬上呵呵不可抑制地笑起來。我注視那個大梨子狀的洞口，看起來深長幽遠，黑漆漆暗沉沉的，究竟是怎樣的境地？

重生之巢

我們跟隨杜順族男子闖入巢洞，走過一小段陰暗的路徑，來到鳥巢穴形狀的空間。這裡像極鬼魂遊蕩棲息的地方。我覺得渾身不自在，周圍瀰漫陰森森的詭異氣氛，空氣悶熱凝滯，飄散難聞混濁的氣味。蝙蝠和雨燕身體散發出熱氣，排出大量長期淤積的糞便。地面骯髒烏黑，我用手電筒一照，赫然是大片滑膩、厚厚的鳥糞和蝙蝠糞。鳥糞發出一種阿摩尼亞的強烈刺鼻臭氣，我摀住鼻子，想趕快逃離這個巢洞。我的腦袋渾渾噩噩，沒有辦法好好思考。真是不可思議，這些惡臭熏天的糞便，在其他小動物和昆蟲世界裡卻是美好的食物。山洞裡有太多驚奇和生死存活的事情了。鳥卵、雛鳥、有病或受傷的群鳥和蝙蝠的屍體隨時會從高聳的洞頂、洞壁掉下來，藏匿在洞穴暗黑處的黑色甲蟲、蟑螂和活生生的大蟲隻迅速竄出身影，在腐臭的屍物或糞便堆鑽來鑽去、爬來爬去。杜順族男子說，有蛇和黑鼠偶爾爬到黑暗的內部，咬噬這些腐爛的小動物屍體。無法在巢洞裡存活下來的蟲子，就變成了地面上腐臭的死屍蟲，牠們的體型看起來都好大隻。我嚇壞了，死抓著媽媽，她不停安撫我。我覺得胃在翻騰，似乎想把什麼東西吐出來。杜順族男子見我這慘白的模樣，馬上拉著我們快速往前走到略少腐臭物的空地。

我深呼吸，情緒平復多了。我的影子彷彿消失了，身在這黑沉沉的巢洞，呼吸也變得輕柔微弱，我似乎感應不到它的存在。空氣變得乾燥，不見活生生蠕動的蟲隻。地面上鋪著風乾的鳥糞和蝙蝠糞。沒有風兒吹拂呼嘯，雨燕遍響的卡答卡答聲早已遠去，連蝙蝠和燕群也消逝無蹤影，像是沒有生靈存在的墓穴。杜順族男子悠悠吟唱起優美遠古的神聖歌曲，在陰闃荒寂的山洞裡呼呼迴響，喚醒了四處飄遊的幽魂。我靜靜聆聽史前時代的往昔年月。最初，我們的祖靈居住在山洞裡，不畏風吹雨淋，以此作為天然屏障。山洞成為生靈的安全住所，也是死者安息埋葬的地方。史前人類的骨骸、粗糙原始的石器、貝塚、動物的骨頭：野猪、野鹿、犀牛、已滅絕的巨型穿山甲、猴……宛若巨大的生魂安棲之地。濃密蒼鬱的叢林大地上的原住民，幾千年來仍舊保留岩洞中埋葬死者的神祕祭禮儀式。我沿著斑駁的洞壁踽踽行走，洞壁上殘留鮮紅色的壁畫痕跡，那些破碎的色澤說不定畫的是鳥、小船、歡舞的人形，以及湮遠年代裡人們生活的一切。

這個無比神聖的境地是死者的最後歸屬。杜順族男子談起他們族人的葬禮儀式。死者的遺體安放在棺木，由族人組成送葬的隊伍，扛著棺木，有人敲響大銅鑼，一路從長屋，穿越叢林，乘舟沿河向峻峭的山邁進。山洞口插著鮮豔的旗幟，用來嚇跑邪惡的精靈。送葬隊伍用兩根粗大結實的藤索將棺木沿巨大梯子拉拽而上，徐緩通達陰暗的洞口。我身處的這個巢洞幽靜多了，我們搜索了好一會兒，也沒有發現任何棺木。這座燕窩洞被雨燕和蝙蝠侵佔為巢穴後，我想或許不復寧靜，在生靈遍地喧譁的境地，可能早已無法讓死者幽魂得以永世安息吧。雖然沒有棺木，但這裡卻散發著鬼魅幽深的氣息，在洞壁邊緣的地帶遺留一些破碎不完整的古代中國的碗和陶罐、貝殼、琉璃珠，地面上有移動過的深長刮痕，彷彿有什麼物體曾在過去的某個時刻被搬動過，留給我無限的想像。杜順族男子邊引領我們遊走在奇異的山洞中，邊低聲喃唸他們族人的古老禱詞。我耳裡傾聽著哀悼如歌的字句，沉陷在安渡鬼魂遠離世界的情景裡。祭禮儀式的老巫師低吟優美絕倫的禱詞，祈求死者入土為安，靈魂得到永世的解脫和安寧。他在棺木上方撐起一把傘，拿著藤棍朝棺木擊打，潑撒米粒。幽魂跋涉過漫長黑暗的路，遊歷一切生前的悲喜苦難，最後跨越過一條暈眩焦慮的大橋，過渡到另一個夢幻世界，行過無數河谷，在路上飄遊，白晝黑夜，它們吶喊、哭泣或沉默無言，直到轉化為美麗的露珠。成千上萬顆晶瑩剔透的露珠從天而降，一縷縷靈魂棲息其中。水珠滾落一大片稻禾上，滋養了稻穀，幻為長串金黃的神聖稻靈，穿越生死的界限，抵達生命重生和延續的至高境界。

「路的盡頭，有一張美麗的容顏等著妳，快回到生命初始的境地吧！」影子的聲音在我心底輕輕旋繞。

我們拿著手電筒照亮整個山洞，躡手躡腳緩步前進，越往深處走去，山洞面積就變得更廣闊。暗黑褐色的洞壁閃爍著點點微光，光影在冗長寬大的洞壁上流動飄移，像風攪和了水流，在日光照耀下閃閃發亮，掀起圈圈漣漪。我凝止目光，痴迷望著似夢似幻的景象，以為來到了夢境。凹凸不平的洞頂滴落清涼透明的水珠，空氣中瀰漫水流浸潤岩石的潮濕氣息，有股奇特的氣味，我的呼吸彷彿也蘊含了這股味道。

岩石地面濕漉漉、滑溜溜。我們走了不遠，豁然開朗，抵達一個洞開偌大的渾圓天地。山洞口上方灑落光彩燦爛的光線，暈開無數圈斑爛綺麗的光圈。啊！我們的頭頂上方竟然是一整片蔚藍澄澈的天空。我驚嘆起來，雀躍萬分地蹦蹦跳跳，拚命指著天空，脫口說出一連串聒噪的話。我們站在宛如葫蘆般的露天圓弧狀洞口底下，仰望圓形的晴空，白雲輕輕飄浮掠過，數隻雨燕在天際洞口飛旋盤繞，烏黑醜陋的蝙蝠或飛掠過天際，或倒掛在山壁間。沒有噁心腐臭的蟲屍，地面鋪滿高低不平的石塊，腳踩在石塊上，冰涼感馬上襲來，竄升到腦際。我目不轉睛凝視變幻無窮的奇幻畫面。陽光投射在凹凸不平的山壁間，映照出繽紛的色澤和光輝，七彩的顏色在山壁間飄來晃去，就像活潑天真的孩子隨處漫遊。

我沉醉在這奇異美妙的景象裡，遺忘時間的流逝，那瞬間忘卻自己身在何處。倏地，我的耳朵灌滿轟隆隆的聲響，不知是從山洞的哪一個方向發出來的。從微微的輕顫，嗚嗚——嗚嗚嗚——聽起來像有人在山洞中低聲啜泣的聲音，又像是風灌入山洞發出的特殊回音；直到輕顫聲逐漸變大，層層疊疊轉化為轟隆隆的聲響，我感到這整座燕窩山洞正在持續發生變化。轟隆隆——轟隆隆——彷彿從山洞地底深處緩慢層疊地傳遞上來，雷鳴般的鑼鼓聲咚咚咚，睡眠似的，麻痺似的，噗咚噗咚——噗咚噗咚——我的心跳聲也變得和山洞中的聲響一致，相融在大自然中。整座燕窩山洞撼動天地，宛若回歸母體的胎動般，我包覆在天然母體內裡，心臟怦怦跳，跟著翻天覆地，掀起驚濤駭浪。我躲進媽媽的懷抱，感受她和我一樣的心跳聲，她溫暖的體溫暖和我冰冷的身體，消融我滿滿的害怕。她清香的氣息包圍我，安撫我惶恐的情緒。

杜順族男子說：「山神在召喚我們啊！」我們跟隨他的動作，靜默地祈禱。

淙淙水流在我耳邊旋繞，如歌如詩。周圍的空氣清涼起來，潔淨的水氣洗滌這夢境般的天地，透明的氣泡瀰漫整座渾圓的山洞。我陷在溫暖的水氣團裡，靈魂變得輕飄飄，似乎擁有了殊異的神奇能力，只要從原地往空中跳躍，就能輕而易舉飛躍起來，像一尾魚，悠然自得地擺晃魚鰭，在水中游來游去。我聞到水氣的味道，呼喊出聲：「一定有水！」我離開媽媽的懷抱，歡欣喜悅的氛圍佔據我胸口，我興奮萬分，手舞足蹈，沿著山洞內汩汩流動的小溪流尋索水源。生活在古納鎮的日子，我飲用含有沙土顆粒的雨水，日常洗澡使用骯髒的湖、河水，我總覺得身體髒兮兮。我深深相信這裡一定有無比乾淨的水。我邊沿小溪流走，邊撫摸從洞壁頂端蜿蜒滑落的水紋，汲取水滴，淺嘗，舌尖留存香甜味，蘊含沁人心脾的涼意。

忽然，我看到一泓波光粼粼的清澈湖水。哇！這兒的水多麼清澈，多麼澄淨，宛如明亮平滑的大圓鏡。我奔跑過去，湊近湖邊。沒有綠色的浮萍，沒有浮游生物，沒有蜻蜓和蒼蠅飛舞，更沒有巨大蜥蜴浮在湖水中。湖裡只有奇異的魚兒在水中暢游。湖面平靜無波，周圍漫起水霧，我撥開霧氣，緩緩走到湖邊，蹲下來。杜順族男子和爸媽也跟隨至此，站在湖畔。露天洞頂灑落金黃色的陽光，投射在湖上，閃爍著這世界上所有生命的光輝。在那個繁花錦簇，萬物初始的國度，我同其他擁有著相似命運的祖靈和同伴一樣，一旦誕生在這個世界，我們就背負了永遠飄流的命運，身上烙下預言般的胎記。這是上天賜予我們的試煉，一生不停息地飄泊，只為追尋靈魂的原鄉，直到死亡將我們帶離這循環的苦難。我在幻覺中躍入湖水，彷彿潛泳在遠古浩瀚的大海，環繞蒼蒼鬱鬱的原始大叢林，野生動物奔騰，繁複多樣的植物生態，萬物循環不息。

恍惚間，我看見一張稚氣無瑕的臉龐，那是我的臉。我跋涉度過漫長的黑暗旅程，終於找到我的影子，它一直留在我未降生前那塊閃耀金黃色光芒，充滿溫暖的羊水之地。

國家圖書館預行編目資料

母墟／黃瑋霜著. --初版. --臺北市：寶瓶文化, 2011. 09
面； 公分. --(Island；152)

ISBN 978-986-6249-60-0 （平裝）

868. 757　　100016792

寶瓶 AQUARIUS

island 152

母墟

作者／黃瑋霜

發行人／張寶琴
社長兼總編輯／朱亞君
主編／張純玲・簡伊玲
編輯／賴逸娟・禹鐘月
美術主編／林慧雯
校對／賴逸娟・陳佩伶・呂佳真・黃瑋霜
企劃副理／蘇靜玲
業務經理／盧金城
財務主任／歐素琪　業務助理／林裕翔
出版者／寶瓶文化事業有限公司
地址／台北市110信義區基隆路一段180號8樓
電話／(02)27494988　傳真／(02)27495072
郵政劃撥／19446403　寶瓶文化事業有限公司
印刷廠／世和印製企業有限公司
總經銷／大和書報圖書股份有限公司　電話／(02)89902588
地址／台北縣五股工業區五工五路2號　傳真／(02)22997900
E-mail／aquarius@udngroup.com

法律顧問／理律法律事務所陳長文律師、蔣大中律師
如有破損或裝訂錯誤，請寄回本公司更換
著作完成日期／二〇一一年七月
初版一刷日期／二〇一一年九月
初版二刷日期／二〇一一年九月十九日
ISBN／978-986-6249-60-0
定價／二六〇元

AQUARIUS 寶瓶 文化事業

愛書人卡

感謝您熱心的為我們填寫，
對您的意見，我們會認真的加以參考，
希望寶瓶文化推出的每一本書，都能得到您的肯定與永遠的支持。

系列：Island152　**書名：母墟**

1. 姓名：＿＿＿＿＿＿＿＿　性別：□男　□女
2. 生日：＿＿年＿＿月＿＿日
3. 教育程度：□大學以上　□大學　□專科　□高中、高職　□高中職以下
4. 職業：＿＿＿＿＿＿＿
5. 聯絡地址：＿＿＿＿＿＿＿＿＿＿＿＿＿＿＿＿

   聯絡電話：＿＿＿＿＿＿＿＿　手機：＿＿＿＿＿＿＿＿
6. E-mail信箱：＿＿＿＿＿＿＿＿＿＿＿＿＿＿

   □同意　□不同意　免費獲得寶瓶文化叢書訊息
7. 購買日期：＿＿ 年 ＿＿ 月 ＿＿日
8. 您得知本書的管道：□報紙／雜誌　□電視／電台　□親友介紹　□逛書店　□網路

   □傳單／海報　□廣告　□其他
9. 您在哪裡買到本書：□書店，店名＿＿＿＿＿　□劃撥　□現場活動　□贈書

   □網路購書，網站名稱：＿＿＿＿＿＿　□其他＿＿＿＿＿
10. 對本書的建議：（請填代號　1. 滿意　2. 尚可　3. 再改進，請提供意見）

    內容：＿＿＿＿＿＿＿＿＿＿＿

    封面：＿＿＿＿＿＿＿＿＿＿＿

    編排：＿＿＿＿＿＿＿＿＿＿＿

    其他：＿＿＿＿＿＿＿＿＿＿＿

    綜合意見：＿＿＿＿＿＿＿＿＿＿＿＿＿＿＿＿＿＿＿＿
11. 希望我們未來出版哪一類的書籍：＿＿＿＿＿＿＿＿＿＿＿＿＿＿

讓文字與書寫的聲音大鳴大放

寶瓶文化事業有限公司

（請沿此虛線剪下）

廣　告　回　函
北區郵政管理局登記
證北台字15345號
免貼郵票

寶瓶文化事業有限公司　收

110台北市信義區基隆路一段180號8樓

8F,180 KEELUNG RD.,SEC.1,

TAIPEI.(110)TAIWAN R.O.C.

（請沿虛線對折後寄回，謝謝）